CW01085006

Ein Alien Baby zu Weihnachten

C.V. Walter

Aphrodite's Pearl

Ein Alien Baby zu Weihnachten

Contents

Contents

Kapital 1

MOLLY

Molly versuchte sich hartnäckig einen Muskelkrampf weg zu massieren, der auf ihrer rechten Seite gerade so ungünstig an ihrem unteren Rückenbereich auftrat, dass es in ihrem derzeitigen Zustand schwierig war, die Stelle zu erreichen, und seufzte. Sie fühlte sich müde, kurzatmig, aufgebläht und war andauernd hungrig. Bei dem Gedanken an Essen wurde ihr allerdings immer noch manchmal flau im Magen.

Sie hatte zwar glücklicherweise seit längerem keinen heftigen Anfall von Morgenübelkeit mehr verspürt, aber das unangenehme Erlebnis hatte sich tief in ihr Gedächtnis eingebrannt. Dass jemand in ihrem Inneren eine klare Meinung darüber zu haben schien, was genau sie zu sich nehmen sollte, und ihr jedes Mal ungeniert in den Magen trat, wenn es ihm oder ihr nicht zusagte, was sie aß, war nicht wirklich hilfreich.

Der Kommunikator an ihrem Handgelenk surrte und sie verdrehte die Augen. Das Einzige, was noch schlimmer war, als sich die ganze Zeit unwohl zu fühlen, war, dass jemand anderes sofort mitbekam, wenn sie sich unwohl fühlte. Es gab zwar wichtige Gründe, ihre Schwangerschaft genau zu überwachen, aber sie wünschte sich manchmal einen etwas weniger aufmerksamen Ehemann.

Aber nur manchmal.

"Geht es dir gut, *Tscherna*?", fragte dieser, als sie das Gespräch entgegennahm.

"Mir geht es gut", antwortete Molly mit leicht gereiztem Unterton. "Woher weißt du eigentlich jedes Mal, dass ich mich unwohl fühle, bevor ich es überhaupt tue?"

Er schenkte ihr ein verschmitztes Grinsen durch die Kamera, das ihr verriet, dass seine Antwort sie vermutlich sowieso nur irritieren würde.

" Das tue ich doch gar nicht, ich habe mir nur notiert, was bestimmte Werte zu bestimmten Zeiten bedeuten. Fühlst du dich denn unwohl?"

Sie stieß einen irritierten Seufzer aus. "Ich fühle mich fett, unbeweglich und habe andauernd Hunger ", erklärte sie ihm. "Natürlich fühle ich mich rundherum unwohl."

"Hast du außer den Crackern nach dem Aufstehen noch etwas anderes zum Frühstück gegessen?"

"Nein", gab sie zu. "Und ich will auch nicht wirklich etwas essen. Ich habe zwar immer wieder Heißhungerattacken, aber nichts davon reizt mich so sehr, dass ich riskieren möchte, es anschließend gleich wieder rückwärts zu essen."

"Du hattest seit fast sechs Wochen keine Übelkeitsanfälle mehr", erinnerte sie Mintonar. "Du solltest dir einen Snack gönnen. Soll ich vorbeikommen und dir etwas zu essen bringen?"

Der warme Ton in seiner Stimme, als er den Vorschlag machte, brachte Farbe auf ihre Wangen. "Du bist beschäftigt", erklärte sie abwehrend. "Ich kann mich selbst um meine Verpflegung kümmern."

" Das ist mir durchaus bewusst", stimmte er ihr zu. "Aber dennoch hast du es nicht getan. Ich nehme mir gerne die Zeit, dir etwas zu bringen, wenn du das möchtest."

Sie seufzte. "Nein danke, ich weiß das Angebot zwar wirklich zu schätzen, aber nein. Ich bin eine erwachsene Frau. Ich werde also das tun, was jeder Erwachsene in einem solchen Fall tun würde."

"Ich werde die Köche warnen, dass du in der Küche vorbeikommen wirst", meinte Mintonar daraufhin. " Hast du Appetit auf etwas Bestimmtes?"

"Gurken", antwortete sie spontan. "In Scheiben geschnitten in einer Rotweinvinaigrette. Und gebutterten Toast. Und jede Menge Speck."

Mintonar gluckste. "Dann werde ich sie wissen lassen, dass du planst, das Kühlhaus zu plündern."

"Ich werde furchtbar unhöflich erscheinen, weil ich einfach alles mitnehme, was nicht niet- und nagelfest ist, stimmts?" fragte Molly seufzend. "Das will ich doch eigentlich gar nicht, weißt du."

"Molly, wenn du sicher wüsstest, welche Nahrungsmittel du in der Vorratskammer in unserem Quartier aufbewahren möchtest, müsstest du das nicht tun", erinnerte Mintonar sie in sanftem Ton. "Da sich deine Gelüste aber von Tag zu Tag geändert haben, hat es keinen Sinn ergeben, Dinge aus den allgemeinen Vorräten zu nehmen, deren Geruch dich am nächsten Tag sowieso nur erbrechen lassen würde. Es ist nichts falsch daran, die Lebensmittel, die du wahrscheinlich essen dort aufzubewahren, wo du sie am schnellsten findest."

"Das sollte aber logischerweise im Kühlschrank in unserer Wohnung sein", beharrte Molly.

"Aber das ist es eben nicht", erklärte er ihr sanftmütig.

Sie hatten schon seit Monaten die gleiche Diskussion, und sie kam sich immer noch komisch vor, eine Großküche für ihre Snacks zu plündern.

"Ich muss einfach darüber hinwegkommen", erklärte sie störrisch. "Es gibt keinen medizinischen Grund, weshalb ich ein Problem damit haben sollte, Dinge in unserem Kühlschrank zu riechen.

"Ich werde in der Küche Bescheid geben, dass du vorbeikommst und Speck essen möchtest „versprach Mintonar. "Sie werden reichlich davon gebraten haben, wenn du dort ankommst."

"Das müssen sie wirklich nicht...", protestierte Molly, aber Mintonar hatte bereits aufgelegt. Er war besser darin geworden, sich mit ihr zu streiten, das musste sie zugeben. Und sie sollte sich sowieso ein bisschen bewegen, um den Krampf in ihrem Rücken zu lösen. Mit einem grunzenden Geräusch erhob sie sich aus dem großen, bequemen Sessel, der zu ihrem bevorzugten Sitzplatz geworden war, wenn sie arbeitete.

Als sie damit begann, sich eine Art Routine anzugewöhnen, hatte sie zunächst versucht, am Schreibtisch zu arbeiten. Er war groß, bequem und für die Art von Arbeit geeignet, die sie verrichtete. Allerding war er, wie sie schnell feststellen musste, eine leichte Ablenkung. Da die Verbindung zum Internet auf der Erde hergestellt war, konnte sie ungestört auf diversen Websites herumsurfen, die sie bereits zu Hause regelmäßig besuchte hatte, obwohl sie davor gewarnt worden war, etwas zu posten.

Stunden später war sie dann häufiger aufgestanden, um das Abendessen zuzubereiten, und musste feststellen, dass sie viel zu lange in derselben Position verharrt war und ihre Gelenke stark schmerzten. Die Bio Nanos machten zwar meist kurzen Prozess mit dem Schaden, aber der Schmerz blieb erst einmal da. Der große, bequeme Liegesessel hingegen belastete ihre Gelenke weniger und ermutigte sie zudem, nur die technischen Möglichkeiten zu benutzen, die sie in einer Hand halten konnte. Wenn sie einschlafen sollte, stellte sich der Stuhl darüber hinaus so ein, dass sie es bequemer hatte, und sie, wenn sie nach ihrem

Nickerchen wieder aufstand, nicht mit dem Gefühl erwachte, von einem LKW überrollt worden zu sein.

Zu Beginn ihrer Schwangerschaft hatte sie sich am liebsten, wie eine Katze in dem Sessel zusammengerollt und die Füße an die Seite gelegt, während sie den Kopf auf der Lehne abstützte und las. Jetzt zog sie es vor, den Sessel bis fast zum Boden hinunter reichen zu lassen, er ließ sich sogar komplett zurücklehnen, wenn sie dies wünschte. Das Möbelstück war quasi eine Mischung aus Liegesessel und Sitzsack, nur mit einer zusätzlichen elektronischen Steuerung, die die darin befindliche Füllung bewegte. Ein Nickerchen darin war zu einem ihrer liebsten Momente des Tages geworden.

Nach dem Aufstehen streckte sie sich erstmal genüsslich in alle Richtungen, spürte jedoch schlagartig einen unangenehmen stechenden Schmerz in ihrer Seite. Sie musste den Atem anhalten, so heftig war der Schmerz, und er machte ihr bewusst, dass sie wirklich unbedingt ein Stück laufen sollte. Auf dem Weg zur Küche würde sie vermutlich genug Zeit haben, um die Verkrampfung zu lösen.

Der Geruch des Specks in der Küche ließ ihr das Wasser im Munde zusammenlaufen, und sie bemerkte, dass sie nicht die einzige Person war, die geplant hatte, das Kühlhaus zu plündern.

"Hey, Mama", rief Mindy und lief ihr freudestrahlend entgegen, um sie zu umarmen. "Wie geht es dir?"

" Ich fühle mich ein bisschen steif", gab Molly zu. "Und gleichzeitig so, als ob ich jeden Moment platzen würde. Ich dachte, es wäre keine schlechte Idee in die Küche zu watscheln, um mir einen kleinen Snack zu holen."

Der Bord Koch, der ihr vor längerer Zeit von Mintonar namentlich vorgestellt worden war, dessen Namen, sie peinlicherweise noch immer nicht korrekt aussprechen konnte, erschien an ihrer Seite mit einem Teller voll knusprigem Speck in der Hand. Mindy griff gierig nach einem Stück und wurde dafür mit einem hölzernen Kochlöffel auf die Rückseite ihrer Finger bestraft.

"Für die Mama", erklärte ihr der Koch mit einem Stirnrunzeln. "Du bist als nächstes dran."

"Also wirklich, Brokkoli", beschwerte sich Mindy bei ihm. "Nur weil du das Essen an Bord kontrollierst, heißt das noch lange nicht, dass du..."

"Brokkoli?", fragte er und unterbrach Mindy. "Ich bin nicht grün! Ich gehöre nicht in die Suppe! Dafür gibt es für dich heute keinen Speck!"

Molly lachte über Mindys empörten Gesichtsausdruck, als der Koch sich wutschnaubend von ihnen entfernte.

"So unhöflich!" rief Mindy ihm mit gespielter Empörung hinterher. " Meinetwegen, dann brutzle ich mir eben meinen eigenen Speck!"

Nachdem sie einen Streifen von ihrem Teller genommen hatte, bot Molly ihn Mindy an. "Du kannst welchen von mir abhaben, wenn du willst. Ich wollte sowieso erst nachsehen, ob von den Gurken noch welche übrig sind."

"Hast du sie in dein Kühlfach gelegt?" fragte Mindy und nahm den Speckstreifen dankbar entgegen. "Ich glaube nicht, dass jemand so mutig ist, Sachen aus deinem persönlichen Kühlbereich zu stehlen. Sie sollten also definitiv noch da sein."

Der Kühlraum neben der Küche war eher ein Kühlhaus als ein regulärer Kühlschrank. Es gab kleinere Fächer mit Türen in Richtung Küche, in denen der Koch kleinere Dinge aufbewahrte, die schnell gebraucht wurden, und er hatte eines dieser Fächer speziell für Molly reserviert. Dinge, auf die sie häufiger Heißhunger hatte oder die sie prinzipiell öfter brauchte, wurden in diesem Kühlbereich oder in einem Schrank in der Nähe aufbewahrt, der markiert war mir etwas, dass eine verdächtige Ähnlichkeit mit einem Klebezettel hatte mit Mollys Namen darauf. Das Fach enthielt Dinge, die Molly während zu Beginn ihrer der Schwangerschaft besonders vermisst hatte. Einige davon waren menschliche Lebensmittel, wie Essiggurken und Chips, aber andere waren Orvax-Gerichte, die sie zuvor noch nie probiert hatte, mit Anweisungen, wie man sie zubereiten sollte, auf einem extra Klebezettel obenauf.

"Das habe ich nicht", antwortete Molly betrübt. "Ich habe bis heute nicht wirklich Appetit darauf verspürt, aber ich habe mitbekommen, dass einige Kisten davon mit der letzten Runde der Hochzeitsvorräte mitgebracht wurden."

"Für die traditionellen Gurkenschnittchen", meinte Mindy nickend. "Für welchen Anlass eigentlich genau?", frotzelte sie „den traditionellen Freitagshochzeitstee?"

"Für die Brautparty", antwortete Molly. "Und mach dich nicht darüber lustig, die gibt es tatsächlich. Wir hatten sie auf meiner ersten Hochzeit, und ich schwöre, die Schnittchen waren das Einzige, was sich zu essen lohnte."

"Bei der Party warst du damals auch schwanger, oder?" fragte Mindy.

"Ja", nickte Molly und öffnete einen der kleinen Kühlfächer. Nichts darin sah besonders gurkenartig aus, also schloss sie es gleich wieder und griff nach dem darunterliegenden. Als sie sich bücken wollte, meldete dich der Muskelkrampf in ihrem Rücken erneut und sie runzelte schmerzverzerrt die Stirn.

"Ich sehe nach", bot Mindy an und ging in die Hocke, um die unteren Kühlfächer zu inspizieren. "Setz dich lieben hin und entspanne dich ein bisschen, kleine Mama."

"Warum durchwühlt ihr meine Kühlboxen?", fragte der Koch irritiert als er mit einem weiteren Teller voller Speckstreifen um die Ecke kam. "Molly, ich habe doch extra eine Kühlbox eingerichtet, an die du leicht rankommst. Aus dem Weg Mindy. Was genau braucht ihr?"

"Gurken?" fragte Molly vorsichtig. "Mit Rotwein-Salatdressing?"

Der Koch seufzte frustriert und schob Molly den Teller mit dem Speck zu, die freudig quiekte, bevor er zu einer naheliegenden Kühlbox eilte und einen verschlossenen Behälter herausholte. Er nahm den Deckel ab und zeigte ihr den Inhalt. Die Gurken waren mindestens einen ganzen Tag lang in der Salatsoße eingelegt gewesen, und der Geruch allein ließ ihren Magen knurren.

Mindy sprang auf und nahm dem Koch den Behälter ab. "Danke!", rief sie strahlend.

"Woher wusstest du, dass ich Heißhunger darauf habe?" fragte Molly ihn erstaunt. "Ich habe so etwas noch nie bei dir bestellt."

Er zuckte mit den Schultern. "Dorcas hat mitbekommen, wie du die Gurken sehnsüchtig angeschaut hast, und mir ein Rezept gegeben, von dem sie dachte, dass es dir schmecken könnte. Du kannst es gleich ausprobieren und mir dann Bescheid geben, ja? Ich habe extra keine Zwiebeln hineingetan, weil du erwähntest, dass du davon Sodbrennen bekommst."

"Oh, danke", meinte Molly gerührt. "Daran hätte ich gar nicht gedacht, aber ja stimmt, die sind bei uns traditionell in dem Rezept enthalten. Ist Dorcas heute schon hier vorbeigekommen? Ich muss mich auf jeden Fall auch bei ihr bedanken."

"Sie versteckt sich", verriet er und deutete vage in Richtung der Maschinenhalle, die Dorcas als Arbeitsplatz auserkoren hatte. So manch einer der jüngeren Besatzungsmitglieder war ihr gefolgt, um ihr dabei zu helfen, einige der mitgebrachten Entwürfe anzufertigen. Einige von ihnen waren enttäuscht gewesen und hatten schnell wieder den Rückzug angetreten, während andere beschlossen hatten, dass sie, auch wenn die junge Frau nicht daran interessiert war, auf dem Schiff einen Partner zu finden, ihrer Verehrung würdig war.

"Ich werde sie irgendwann zum Essen einladen und ihr für ihre Hilfe danken", meinte Molly. "Denn mir ist durchaus bewusst, dass sie dir eine Unmenge Rezepte speziell für mich in der Schwangerschaft gegeben hat."

Er zuckte erneut mit den Schultern. "Sie war sehr hilfreich. Natürlich geben wir alle unser Bestes um schnellstmöglich die Lebensmittel herstellen, die dir guttun. Wir müssen schließlich die nächste Generation ernähren."

Molly lächelte ihn an und nickte. "Und die nächste Generation besteht leider vehement darauf ihr Essen unverzüglich geliefert zu erhalten, sonst wird sie ihrem Unmut Luft machen, indem sie mir unablässig in den Magen tritt. Danke, Brock."

"Brock", schniefte er. "Es ist zwar kaum besser als Brokkoli, aber ich werde es dir diesmal noch durchgehen lassen. In naher Zukunft wirst du gezwungen sein, meinen Namen richtig auszusprechen, wenn du etwas zu essen haben willst."

Mindy kicherte und trat um Molly herum. "Danke, Mr. B mit Käse."

Er zischte sie an, und sie verließen die Küche wie zwei gescholtene Kinder. Naja, zumindest Mindy huschte davon, Molly watschelte ihrer Freundin so schnell sie konnte hinterher, der unangenehme Druck auf ihrer Blase erinnerte sie daran, dass sie diese in absehbarer Zeit entleeren musste und sich lieber beeilen und etwas essen sollte, bevor dieser Zustand zu einem Problem wurde.

Sie erreichten die Tische der Kantine, setzten sich hin und machten sich mit Begeisterung über ihre Snacks her. Der Speck war genau das, wonach Molly sich gesehnt hatte, und Mindys Gesellschaft war mehr als angenehm. Wenn sich jetzt nur noch Verkrampfung in ihrem Rücken lösen würde, wäre sie glücklich.

Kapitel 2

MOLLY

"Woran hast du denn gearbeitet?" fragte Mindy ihre Freundin neugierig, während sie genüsslich an einem Bissen Speck knabberte.

"Weltraumgesetze", antwortete Molly, bevor sie vorsichtig die erste Gurkenscheibe einem Geschmackstest unterzog. Sie war knackig und gerade süß genug, um nicht wirklich wie eine typische Essiggurke zu schmecken. "Und du?"

"Wir sind gerade dabei die Nährwerte der von der Erde mitgebrachten Nahrungsmittel mit damit zu vergleichen, was die Orvax üblicherweise verbrauchen", erklärte Mindy. "Es ist zwar nicht wirklich das, wofür ich ursprünglich mal ausgebildet wurde, aber es ist ein wirklich interessantes Thema."

"Ich habe auch nicht gerade Weltraumrecht studiert", erinnerte Molly sie und zog eine Grimasse. "Ich meine, ich habe dem rechtlichen Bereich zwar mehr Aufmerksamkeit geschenkt als den meisten anderen, aber ich dachte, ich hätte das alles hinter mir gelassen, als ich die Kanzlei verlassen habe."

"Es lässt einen halt nie ganz los", bemerkte Mindy achselzuckend. "Wie fühlst du dich eigentlich heute so?"

Molly seufzte. "Fett, müde, ängstlich, bereit dieses Baby endlich auf die Welt zu bringen, und gleichzeitig völlig unvorbereitet darauf, tatsächlich nochmal eine frischgebackene Mutter zu sein. Mir ist aufgefallen, wie wenig ich eigentlich noch über Kindererziehung weiß, und ich kann mich nicht mal genau erinnern, ob ich noch weiß, wie man eine Windel wechselt. Dann habe ich mich mit der Frage beschäftigt, ob die Orvax überhaupt so etwas wie Windeln verwenden, und habe anschließend darüber nachgegrübelt, was sie wohl stattdessen benutzt haben könnten, falls sie nichts Vergleichbares in Verwendung hatten, und endete meine Überlegungen mit der dringenden Frage, ob jemand möglicherweise daran gedacht hat, welche von der Erde mitzubringen?"

"Also, geht es dir eigentlich genauso wie gestern?" fragte Mindy.

"Ziemlich genau", bestätigte Molly.

"Was hast du über die Windelsituation herausgefunden?"

"Es gibt wohl an Bord einen besonders weichen Stoff mit einer wasserfesten Außenseite, er kann unproblematisch in den Waschmaschinen in den Quartieren gereinigt werden, und sie haben scheinbar so viel davon, dass ich schätzungsweise einen Monat lang nicht waschen müsste, aber ich werde sie natürlich nicht einfach schmutzig in der Wohnung stapeln."

"Oh, hm..., das macht irgendwie Sinn", überlegte Mindy. "Ich meine, wenn sie auf Nachwuchs gehofft haben, nachdem sie ihren Heimatplaneten verlassen haben sollten sie sich auf deren Ankunft vorbereiten. Ich nehme an, es gibt auch einen Haufen Babykleidung an Bord?"

Molly nickte. "Das meiste davon wird ihr wahrscheinlich erstmal viel zu groß sein, es sei denn, sie hat ganz spontan noch mal einen heftigen Wachstumsschub, was so kurz vor der Geburt eher ungewöhnlich wäre. Ich muss später unbedingt noch mit Trina darüber sprechen, aber ich wollte sie nicht belästigen."

"Du hast nicht mehr allzu lange bis zum Geburtstermin, oder?" fragte Mindy. " Vielleicht solltest du sie dann lieber früher als später darauf ansprechen. Sie hat sich wirklich darauf gefreut, Babykleidung für dich zu nähen, und ich glaube, sie könnte eine Pause von den Hochzeitsvorbereitungen gut gebrauchen."

"Na gut", lenkte Molly seufzend ein. "Ich wollte mir sowieso eine kurze Verschnaufpause von den Büchern gönnen."

Ihre Rückenschmerzen meldeten sich in Form eines fiesen Krampfs zurück und sie griff nach hinten, um ihm mit kreisenden Bewegungen Einhalt zu gebieten. Sie nahm sich ein zweites Stückchen Gurke aber verzog sofort das Gesicht schmerzverzerrt. Bewegung und Essen halfen normalerweise immer gegen diese Art von Krämpfen. Sie beschloss in dem Moment, dass sie unbedingt noch etwas zu trinken brauchte und vielleicht später auch noch eine längere Massage von ihrem geliebten Ehemann, wenn die Schmerzen nicht bald aufhörten.

Die beiden Frauen beendeten ihr Mahl und Molly holte sich im Anschluss daran noch eine Wasserflasche aus dem Kühlfach, bevor sie sich auf den Weg zu Trina machten. Wasser stellte einen wichtigen Teil ihrer Vorräte dar, aber sie hatten weniger Probleme damit, als sie zunächst erwartet hätte. Standardmäßig war es bei einem Raumschiff wie diesem wohl üblich, von Zeit zu Zeit ein Stück von einem Kometen abzubrechen. Es gab scheinbar mehrere Kometen in der Umlaufbahn des Planeten Orvax, die im Laufe der Jahrhunderte nur für derartige Zwecke in die Umlaufbahn gezogen worden waren, und sie bestanden im Wesentlichen aus einem enormen Eisbrocken mit einem Metallkern. Die Schiffe zogen diese Brocken mit Hilfe von automatisierten Maschinen hinter sich her, welche sich hin und her bewegten, und bei Bedarf jeweils kleinere Eisbröckchen abtrennten.

Umso näher sie dem Metall im Kern des Kometen kamen, desto mehr musste davon verarbeitet werden, und das Metall wurde schließlich auch noch zu den Vorräten in der Maschinenwerkstatt hinzugefügt. Ein solcher Komet sorgte für einen riesigen Vorrat an sauberem, frischem Wasser und der Metallkern für Nachschub für die Reparatur von Teilen des Schiffes. Er würde ihnen darüber hinaus später ermöglichen, Vorräte für eine neue Siedlung herzustellen, sobald sie einen Platz dafür gefunden hatten.

Es bedeutete außerdem, dass Dorcas vor Freude fast ausgeflippt war, als sie den Inhalt der Maschinenhalle erblickt hatte.

Sie spazierten hinüber zu Trinas Atelier, wobei Mindy ihr Tempo merklich drosselte, um sich Molly Lauftempo anzupassen, und erreichten gerade den Eingangsbereich, als Brinker die Tür hinter sich schloss.

"Hey, Brinker", rief Molly. "Ist Trina gerade beschäftigt?"

Er schüttelte den Kopf und schaute über seine Schulter in Richtung Tür. "Nicht direkt, aber ich würde ihr an eurer Stelle trotzdem sicherheitshalber ein paar Minuten Zeit lassen."

"Weshalb, was ist passiert?" fragte Mindy. " Ist alles in Ordnung?"

Brinkers sonst so ruhiges Gesicht verzog sich. "Sie hat einen Besucher."

"Wirklich?" fragte Molly und ihr Gesicht leuchtete begeistert auf. "Wen denn? Ich dachte, sie wäre nicht interessiert an einer romantischen Verbindung!"

"Wenn du das wirklich geglaubt hast ...", erwiderte Brinker. "dann hast du nicht richtig aufgepasst. Gebt den beiden ein paar Minuten, dann wird sie sich vermutlich daran erinnern, dass sie sauer auf ihn ist und ihn anschließend hochkant rauswerfen."

"Du scheinst dir deiner Sache ja sehr sicher zu sein", sagte Mindy mit hochgezogenen Augenbrauen.

"Ich habe sogar schon versucht, das Essen zu verschiedenen Tageszeiten auszuliefern, nur um nicht in eine ihrer Streitigkeiten hineingezogen zu werden ", erklärte Brinker. " Einmal wäre es mir auch fast gelungen, aber der Kapitän ist mir gefolgt."

"Ernsthaft?" fragte Molly entzückt. "Die machen das jeden Tag?"

"Über welche Art von Streitigkeiten sprechen wir eigentlich?" fragte Mindy neugierig. "Attackieren sie sich gegenseitig? Werfen sie mit Sachen?"

"Ich kann noch nicht einmal erhobene Stimmen hören", erklärte Molly.

"Das wirst du auch nicht", sagte Brinker. "Aber sie streiten sich. Ich habe es mehr als einmal mitbekommen."

"Bist du dir sicher?" fragte Molly. "Ich meine, ich weiß, manchmal ist ihr Tonfall etwas ..."

Die Tür öffnete sich und eine verärgerte Trina rief. "Und lass dich hier nicht wieder blicken, solange ich beschäftigt bin! Du kannst einen verdammten Termin machen, wie jeder andere auch!"

Molly tauschte einen kurzen Blick mit Mindy, und Mindy nickte ermutigend. Sie warteten, bis der Kapitän durch die Tür und hinaus auf den Gang trat, und grinsten ihn an.

"Hatten sie ein angenehmes Mittagessen, Kapitän Cretus?" fragte Mindy ihn verschmitzt.

"Guten Tag, meine Damen", antwortete der Kapitän kurzangebunden und nickte den beiden zu. "Ich glaube, Sie werden erwartet."

Er hielt ihnen die Tür auf, und sie winkten Brinker zu, bevor sie mutig das Atelier betraten. Auf dem Cafétisch in der Ecke standen zwei noch unangetastete Mahlzeiten, und Trina sah stocksauer aus.

"Bist du beschäftigt?" fragte Mindy ihre ältere Freundin vorsichtig.

„Immer" antwortete Trina mit einem Seufzer. "Aber nie zu beschäftigt für euch zwei. Was ist der Anlass für euren Besuch? Wolltet ihr mir beim Mittagessen Gesellschaft leisten?"

"Wir haben gerade erst gegessen", erklärte Molly. "Aber ich wollte mal vorbeikommen und mich bei dir nach Babykleidung erkundigen. Mindy erwähnte, ihr hättet euch darüber schon unterhalten?"

"Oh ja, natürlich, ich habe vor längerer Zeit mal die Bestände auf dem Schiff durchgesehen, um herauszufinden, was alles vorrätig ist", meinte Trina und lief schnell zu einem der Regale, die sie an der Seite des Raums aufgestellt hatte. "Einige der Orvax hier haben Kleidung von ganzen Generationen mitgebracht, könnt ihr euch das vorstellen? Als die letzten ihrer Ahnenlinie und all das, und es wurde einfach ALLES weitergegeben, einiges davon von eher fragwürdigem Geschmack, selbst für einen fremden Planeten."

"Polyester?" fragte Mindy.

Trina drehte sich um und sah sie an. „Schlimmer" antwortete sie kryptisch und erschauderte. Sie kam mit einem Korb voller Stoffe zurück.

"Oh, die sind aber bunt", rief Molly erstaunt aus und griff nach dem ersten Kleidungsstück. Es hatte die Form eines Stramplers, aber es fanden sich nirgendwo Druckknöpfe, zumindest keine, die sie erkennen konnte. "Wie kriegt man den denn auf, um eine Windel zu wechseln?"

Trina fuhr mit einem Finger unter eine der Nähte, und der Stoff öffnete sich wie von Zauberhand unter dem erfreuten Aufschrei der Frauen, die ungläubig zusahen. "Das ist so cool", rief Mindy. "Gibt es das auch für Erwachsenenkleidung?"

" Einige Arbeiteroveralls hier weisen eine ähnliche Verschlusstechnik auf ", erwiderte Trina. "Und ich habe es auch teilweise bei ihrer Lounge-Kleidung entdeckt."

"Lounge- Kleidung?" fragte Molly mit einer hochgezogenen Augenbraue. "Ist das so etwas Lässiges, das man nur auf der Couch trägt?"

"Es sieht eher so aus wie bei einer Eidechse", meinte Trina kopfschüttelnd. "Ich erwähnte doch gerade schon, so manch einer litt wohl unter einer extremen Geschmacksverirrung. Jemand an Bord hatte vermutlich mal einen Vorfahren, der einem disco- verrückten Gigolo in Sachen 'warum sollte jemand so etwas tragen' noch etwas beibringen könnte."

"Vielleicht war es der In- Look zu der Zeit", überlegte Mindy. "Auf der Erde gab es schon seltsamere Trends."

"Glaub mir, solch eine Art von Hosen mit leichtem Zugriff im Schritt waren nie ein Trend in der breiten Bevölkerung", versicherte ihr Trina und Molly kicherte. "Obwohl ..., wenn ich mich recht entsinne, habe ich auch auf der Erde schon einige Hosen so geändert, damit sie anschließend eine ähnliche Funktionalität aufweisen. Ich habe nie nachgefragt, wofür es gedacht war, und ich habe noch nie jemanden wegen seiner Kleidungswahl verurteilt, aber glaubt mir, disco- verrückter Gigolo ist in der Tat eine sehr treffende Beschreibung in Bezug auf diese Art Kleidungsstück."

"Das glaube ich dir", beteuerte Molly. "Nutzen die Verschlüsse sich eigentlich schnell ab? Oder werden sie sich irgendwann versehentlich öffnen und die Windel rausfallen lassen?"

"Nein, nicht, soweit ich das beurteilen kann", antwortete Trina. "Die Art und Weise, wie der Mechanismus funktioniert, ist ziemlich raffiniert, und in der Textilindustrie auf der Erde gibt es zwar schon einiges, das in diese Richtung geht, aber ich habe das Gefühl, dass das hier für die Orvax eher eine uralte Technologie ist aber sie herausgefunden haben, wie sie diese vor dem Verschleiß bewahren können."

"Wie kommt es, dass es die Strampler in so vielen Farben gibt?" fragte Mindy und blätterte durch den Stapel im Korb. "Ich sehe hier nirgendwo Weiß."

"Nein, die häufigste Farbe, die ich bei der Kleidung gesehen habe, ist ein dunkles Grau", sagte Trina. "Das macht auch Sinn, wenn man darüber nachdenkt. Das Bleichmittel, das wir auf der Erde zum Desinfizieren von Kleidung verwenden, entfernt die Farbstoffe, weshalb viele Babysachen häufig weiß sind. Man kann sie auskochen und bleichen, um Keime oder Flecken zu entfernen. Ein solches Vorgehen würde die Waschmaschinen der Orvax beschädigen, sie verwenden stattdessen diese spezielle graue Seife, die zwar alle Keime und so weiter entfernt, aber gleichzeitig immer ein klein wenig von sich selbst an dem Stoff zurücklässt, so dass die Stoffe am Ende alle einheitlich grau werden.

"Ist das so eine Art Holzkohle, die sie zum Waschen verwenden?" fragte Mindy.

Trina schüttelte den Kopf. "Nein, etwas ganz anderes, obwohl sich die Herstellung der Seife in der Tat so anhört, als hätte jemand beschlossen, in ein Lagerfeuer zu pinkeln und dadurch das Beste aus beiden Welten zu kombinieren."

Mindy lachte und Molly schloss sich ihr an und gemeinsam stöberten sie fröhlich weiter in den Babysachen. "Es gibt aber auch noch andere Sachen, oder?", fragte Molly. "Ich kann die Kleine schließlich nicht nur in Stramplern und ein paar Decken im Quartier lassen, bis sie alt genug ist, zu laufen, oder?"

"Richtig, als ob das irgendjemand hier an Bord zulassen würde", erwiderte Trina mit einem Schnauben. "Natürlich gibt es noch mehr Babyklamotten. Ich habe Leggings und Hosen für den Alltag und förmliche Kleider für Events."

"Sie wird nicht ..." begann Molly, bemerkte dann jedoch den Blick von Trina und stoppte ihren Protest. "Zumindest hoffe ich, dass sie etwas in der Art nicht so bald brauchen wird, aber du hast natürlich wie immer recht. Danke, Trina, ich weiß deine Hilfe wirklich zu schätzen."

Trina schniefte und massierte vage die Rückseiten ihrer Hände, während sie den Korb durchsuchten. "Man weiß nie, zu welchen Anlass man vielleicht noch einmal passend gekleidet sein muss ", bemerkte sie. "Und alle werden das Baby sehen wollen."

"Ich hasse es, dass unsere Tochter Teil der Vertragsverhandlungen zwischen der Erde und den Orvax sein wird", sagte Molly. "Aber ein gesundes Hybridbaby wird wichtig sein, um den Leuten zu zeigen, dass unser Spezimen sich ohne Probleme miteinander vermischen können.

"Bist du bereit für die Kommentare?" fragte Mindy sanft und blickte dann angestrengt auf die kleinen Pyjamas, die sie gerade herausgezogen hatte.

" Kann man das denn überhaupt?" fragte Molly. "Ich bin darauf vorbereitet, dass einige Leute hasserfüllt sein werden. Mintonar hat dafür gesorgt, dass jemand anderes auf dem Schiff die Anrufe meiner Familie entgegennimmt, und er wird nur Dinge an mich weiterleiten, von denen er glaubt, dass sie mich nicht in emotionalen Stress versetzen werden. Außerdem haben wir haben uns darauf geeinigt, Aidan so weit wie möglich aus der ganzen Sache herauszuhalten."

"Ihr haben die namentliche Erwähnung deiner Person in den Nachrichten doch blockiert, richtig?" fragte Mindy.

Molly nickte. "Ich fühlte mich zwar wie ein Feigling deswegen, aber es hat weder mir noch dem Baby gutgetan, einige der ersten Artikel zu lesen."

Ihre Rückenkrämpfe meldeten sich erneut und sie runzelte die Stirn.

"Geht es dir gut?" fragte Trina. "Willst du dich vielleicht lieber einen Moment hinsetzen?"

"Ja, ich glaube, das wäre keine schlechte Idee", antwortete sie und nahm auf dem Stuhl, den Trina von ihrem Nähtisch wegzog Platz. Der Stuhl war bequem, aber sie konnte sich nicht ganz so weit zurücklehnen, wie es nötig gewesen wäre, um den Druck von den Muskeln in ihrem Rücken zu nehmen.

Mindy schaute auf ihren Kommunikator und hob eine Augenbraue. "Molly, du solltest vielleicht auch noch etwas trinken. Nur ein paar kleine Schlückchen, aber ich glaube, es könnte helfen."

" Okay", erwiderte Molly und griff nach der Wasserflasche. Mindy schob sie näher heran und organisierte sich anschließend auch einen Stuhl, um sich neben ihre Freundinnen zu setzen. "Und, habt ihr eigentlich schon alle eure Weihnachtseinkäufe erledigt?"

Trina lachte und schüttelte den Kopf. "Wie willst du denn von hier oben aus einkaufen?"

"Wir haben immer noch das Internet", verkündete Mindy. "Ich kann mir Sachen schicken lassen."

" Du hast also etwas mit dem letzten Versorgungsshuttle runtergeschickt?" fragte Trina.

"Nein", antwortete Mindy. "Na ja, vielleicht ein paar Dinge. Hauptsächlich habe ich Briefe an die Leute geschickt, mit denen ich schon eine Weile nicht mehr gesprochen hatte, und Bilder von dem, was wir hier oben machen. Ich habe die Bilder vom Kapitän absegnen lassen, damit ich nichts allzu Sensibles verschicke."

"Deshalb hast du also Fotos von uns beiden gemacht", warf Molly ein. "Ich hatte mich schon gewundert."

"Nein, ich wollte einfach nur Fotos mit euch machen", widersprach Mindy. "Für mich. Denn warum sollte ich mich nicht daran erinnern wollen?"

"Es ist schließlich der Beginn eines großen Abenteuers", stimmte Trina zu.

"Meine Großmutter hat sich übrigens nach Mollys Schwangerschaft erkundigt", berichtete Mindy. "Sie wollte wissen, wie es läuft. Ich habe ihr erklärt, dass es bis jetzt eine menschliche Schwangerschaft wie aus dem Lehrbuch ist. Dass Molly sich zwar Sorgen, darüber macht wie sich die Technologie hier oben auf ihren Spross auswirken wird, aber es ihr ansonsten gut geht."

"Und das stimmt ja auch", sagte Molly. "Bis auf diese letzte Woche, in der ich mich einfach so gar nicht wohl in meiner Haut fühle, aber soweit ich mich erinnere, ist das auch ziemlich normal, so kurz vor der Geburt."

"Das ist es", bestätigte Trina. "Aber es gibt Dinge, die wir tun könnten, um es dir leichter zu machen, wenn du das möchtest."

Molly schüttelte den Kopf. "Nein, regelmäßige Bewegung hilft am besten gegen die Krämpfe. Das Bauchband, das Mintonar mir gegeben hat, hilft dabei, die Bauchmasse zu stützen, damit es weniger im Rücken zieht. Die Kleine ist bereits in mein Becken gerutscht, an Ort und Stelle, was bedeutet, dass ihr Gewicht hauptsächlich auf dieser einen Position liegt, die immer morgens nach dem Aufwachen heftig schmerzt und dafür sorgt, dass ich alle fünf Minuten pinkeln muss."

Trina tätschelte ihr den Arm und lächelte. "Du wirst schon bald diesen unangenehmen Teil der Schwangerschaft hinter dir haben und eine wunderhübsche Tochter vorweisen können."

" Die mit Sicherheit unglaublich verwöhnt sein wird", sagte Molly lachend und zog dann eine Grimasse. "Ich glaube, ich sollte vielleicht doch lieber wieder aufstehen und ein wenig herumlaufen."

Kapitel 3

MOLLY

Trina half Molly aus dem Stuhl und Mindy schnappte sich die Wasserflasche und reichte sie ihrer schwangeren Freundin, während diese keuchend durch den Raum lief.

"Vielleicht könnten wir ja gleich in Richtung Krankenstation gehen", schlug Mindy vor. "Dann kann Mintonar dir wenigstens die Stelle auf dem Rücken massieren, die dich so quält."

"Ja, vielleicht sollten wir das tun, er hatte mich sowieso gebeten, später noch dort vorbeizukommen", räumte Molly ein. "Das könnten wir genauso gut gleich jetzt tun."

"Ich muss ihn eh noch ein paar Dinge fragen, also begleite ich euch beide dorthin", meinte Trina.

"Oh, ich dachte, du hättest heute noch eine wichtige Anprobe", meinte Molly.

"Ja, aber erst später. Ich kann problemlos noch einen Spaziergang machen, mich dabei vergewissern, dass es dir gut geht, und gleichzeitig dem Doc ein paar Fragen stellen, die ich ihm schon lange stellen wollte."

Mindy nickte und sie machten sich gemeinsam auf den Weg. "Oh, hast du dein Mittagessen weggelassen?", fragte sie, als sie das Essen auf dem Tisch in der Ecke des Ateliers erblickte.

Trina schaute sie an und schüttelte den Kopf. "Ich rufe Brinker später an, damit er vorbeikommt und es wieder wegräumt. Ich hatte vorhin noch keinen Hunger, als er es gebracht hat, aber ich werde vielleicht später etwas essen."

"Bringt er dir jeden Tag das Mittagessen?" fragte Mindy. "Ich dachte, er arbeitet exklusiv für den Prinzen?"

"Dieser Mann ist einfach nur furchtbar gelangweilt", erklärte Trina. "Und mischt sich deshalb in mein Leben ein. Ich schätze seine Fürsorge wirklich, aber ich vermute, dass er in mir einfach nur jemanden gefunden hat, der noch weniger bereit ist, sich um sich selbst zu kümmern als sein eigentlicher Arbeitgeber."

"Und Kaelin schmeißt ihn ständig raus, wenn er versucht, sie anzukleiden", warf Molly kichernd ein. "Ich meine, es ist nicht einmal so, dass sie einen widersprüchlichen Modegeschmack haben, sie sucht sich nur einfach gerne ihre eigenen Kleider aus, jetzt wo sie die Details besser erkennen kann."

"Ich bin sicher, da steckt noch mehr dahinter", vermutete Mindy.

"Ja, zum Beispiel, dass sie wirklich hart daran arbeitet, das zweite menschliche Hybridbaby zu zeugen."

"Das dritte", verbesserte Mindy sie. "Und ich glaube, sie werden damit vermutlich noch bis nach der offiziellen Hochzeitszeremonie warten. Zumindest haben wir uns erst kürzlich darüber unterhalten, ob es medizinisch möglich wäre, eine Schwangerschaft auf die Zeit nach der Hochzeit zu legen, ohne die Fruchtbarkeit zu beeinträchtigen."

"Warte mal, einen Moment...spul zurück", unterbrach Molly ihre Freundin. "Du sagtest Drittes."

"Ja, das sagte ich", bestätigte Mindy. "Jedenfalls gibt es noch nicht genug Daten, um genau zu wissen, wie sich ein Aufschub der

Schwangerschaft auswirken würde, und es ist sowieso schon heikel, überhaupt Hybridbabys zu zeugen und auszutragen."

"Wann gab es denn ein zweites Baby?" wollte Molly wissen. "Wolltest du dazu nicht auch noch etwas sagen?"

"Ich wollte eigentlich damit warten, bis du dein Baby bekommen hast", erklärte Mindy errötend. "Damit die Leute ihre Aufmerksamkeit nicht aufteilen würden. Du bist schließlich diejenige, auf der unser Fokus im Moment liegen sollte."

Trina zog Mindy spontan in eine Umarmung und Molly schloss sich ihnen an und brach in Tränen aus, als sie die Arme um ihre Freundinnen schlang.

"Tut mir leid", schniefte Molly. "Ich wollte wirklich nicht superemotional werden, aber ich freue mich einfach so für dich! Wann ist das passiert? Und wie?"

Mindy kicherte und Trina tippte ihr auf die Schulter. "Ich bin mir ziemlich sicher, dass du weißt, wie es geht, Moll", sagte sie. "Genauso, wie es normalerweise passiert."

"Großmutter wird vermutlich behaupten, dass es der Quilt war, der den Ausschlag gegeben hat", sagte Mindy mit hochgezogener Augenbraue. "Sie hat ihn in unser Gepäck geschmuggelt, als ich mal nicht hingesehen habe, und Alvola hat ihn spontan auf unser Bett gelegt. Ich bin mir aber eigentlich ziemlich sicher, dass die Zeugung passiert ist, als wir auf der Erde waren, also könnte sie trotzdem recht haben."

"Ist das das Ring-Muster, das du mir gezeigt hast, als ihr zurückkamt?" fragte Trina. "Das ist nämlich eine interessante Interpretation einer uralten Variante. Wie alt ist der Quilt? "

"Fünfzig Jahre, glaube ich", antwortete Mindy. "Ich weiß nur, dass es überall auf dem Grundstück und sogar in der Stadt einen Haufen Decken und Kissen mit demselben Muster gibt. Ich bin ziemlich sicher, dass meine Ururgroßmutter sie im letzten Jahrhundert an diverse Familien verschenkt hat."

"Das macht Sinn", sagte Trina mit einem Nicken. "Und wann hast du vor, allen anderen deine frohe Botschaft zu überbringen?"

Sie spazierten weiter und Mindy grinste. "Ich bin mir nicht sicher, ob Alvola es vielleicht schon weiß. Er hatte sich zumindest vorgenommen, meine Periode im Auge zu behalten, aber ich habe ihm noch nichts gesagt. Mintonar weiß natürlich Bescheid, aber im Moment sammelt er einfach nur Daten. Es ist noch zu früh, um irgendetwas anderes zu tun, als sich Sorgen zu machen, dass ich vielleicht nicht in der Lage sein könnte, das Kind auszutragen."

"Oh, das wäre schlimm. Also, ich drücke euch ganz fest die Daumen, dass alles funktioniert", sagte Molly enthusiastisch. "Gibt es irgendetwas, was du jetzt tun kannst, um deine Chancen zu verbessern?"

Mindy schüttelte den Kopf. "Gibt es so etwas überhaupt? Ich sorge nur dafür, dass ich genügend Vitamine zu mir nehme und studiere weiter die Besonderheiten von Orvax-Schwangerschaften. Es ist zwar nicht dasselbe, weil, nun ja, es wird eine Hybridspezies... und Menschenbabys haben vermutlich etwas andere Bedürfnisse im Mutterleib."

"Wir haben ja auch auf der Erde schon viele Untersuchungen in dem Bereich angestellt, aber noch nicht mit der Tiefe, die mit der Orvax-Technologie möglich ist", sagte Molly mit einem Nicken. "Also gut, ich verspreche, dich nicht allzu sehr zu beglucken, aber halte mich bitte auf dem Laufenden, wie es weitergeht. Wir haben meine Schwangerschaft nicht früh genug entdeckt, um einige der ersten Anzeichen zu verfolgen."

Mindy umarmte sie und drückte sie sanft. "Das werde ich tun-versprochen! Und keine Sorge, ich habe das Gefühl, dass wir in den nächsten Jahren noch häufiger Gelegenheit dazu haben werden, viel Neues über das Thema zu lernen.”

Trina lächelte die beiden an. “Wenigstens muss ich mir darüber keine Gedanken mehr machen”, sagte sie. “Ich kann nicht sagen, dass ich mich persönlich über all die Unannehmlichkeiten einer Schwangerschaft und die vielen schlaflosen Nächte, die ihr beide in Zukunft haben werdet, freuen würde.”

“Ich dachte, Oma Trina würde freudig babysitten”, erwiderte Molly mit einem Augenzwinkern.

“Immer nur für ein paar Stunden”, sagte Trina. “Und niemals über Nacht.”

Mindy kicherte wieder. “Keine Sorge, Trina, wir wissen, dass du sowieso bald über Nacht alle Hände voll zu tun haben wirst. Du wirst zwar vermutlich selbst keine Babys mehr bekommen, aber du wirst trotzdem üben wollen, wie man sie zeugt.”

Trina seufzte tief. “Abgesehen von den aktuellen Angeboten könnte ich die Übung wirklich gebrauchen.”

“Haben du und der Kapitän immer noch nicht, ... du weißt schon...”, fragte Molly. “Ich dachte, er wäre an dir interessiert.”

“Viel mehr als ich es bin “, entgegnete sie. “ Aber ich muss mich im Moment erstmal darauf konzentrieren, alles für die Hochzeit vorzubereiten und mit meinen eigenen Enkeln in Kontakt zu bleiben. Dass die Verbindung durch die Sonde jetzt so stabil läuft, ist ein echter Segen für mich”.

“Wie alt ist deine jüngste Enkeltochter eigentlich?” fragte Mindy. “Ist sie schon zwei geworden?”

“Erst nach dem Jahreswechsel”, antwortete Trina. “Und ich habe dafür gesorgt, dass alle Weihnachtsgeschenke mit dem letzten Shuttle runtergeschickt werden. Ich habe beim Stöbern im Lager ein

Schnittmuster für eine Orvax-Baby-Puppe gefunden, und ich bin überzeugt, dass Avery eine davon haben möchte."

"Das klingt ja bezaubernd", rief Molly entzückt. "Ich bin überrascht, dass du bei all dem Stress rund um die Hochzeit überhaupt Zeit dafür gefunden hast, eine zu nähen."

"Es war nicht besonders kompliziert", entgegnete Trina. "Vor allem, nachdem ich herausgefunden hatte, wie die Nähsysteme hier oben funktionieren. Die feinen Details muss ich zwar immer noch von Hand machen, aber in früheren Jahren hätte ich eine ganze Werkstatt voller Angestellter gebraucht, um all das zu schaffen, was ich mit Hilfe der Maschine allein bewerkstellige. Es ist befriedigend zu sehen, wie schnell die Dinge zusammenkommen.

"Darauf wette ich", meinte Molly und zuckte kurz darauf schmerzverzerrt zusammen. Der Krampf in ihrem Rücken war spontan auf ihre Seite gewandert, und sie spürte einen extrem starken Druck auf ihrer Blase.

Mindy blickte zu ihr auf und legte ihren Arm um ihre Taille. "Geht es dir gut, Moll?"

„Ja..." antwortete Molly, ihre Stimme klang jedoch seltsam, sie wirkte nahezu atemlos.

" Krankenstation- Pronto! ", befahl Trina.

"Ja", stimmte Mindy ihr ohne Gegenwehr zu. Sie legten beide jeweils einen Arm um die hochschwangere Molly und begannen, größere Schritte in Richtung Krankenstation zu machen.

"Mir geht's gut", protestierte Molly. "Wirklich, ich fühle mich nur ein kleines bisschen unwohl."

"Wir glauben dir ja, Liebchen", erklärte Trina. "Aber du willst doch bestimmt, dass dein Mann diese garstige Verkrampfung für dich löst, oder? Und er ist gleich da vorn, auf der Krankenstation."

Molly seufzte. "Na gut, wir waren ja sowieso auf dem Weg dorthin, aber ihr müsst mich wirklich nicht tragen."

"Das tun wir doch gar nicht", widersprach Mindy.

"Wir unterstützen dich nur ", fügte Trina hinzu. "Denn das ist es, was Freunde in einer solchen Situation tun."

"Ich weiß nicht... oh", quiekte Molly und versuchte den Schmerz auszupusten. "Das war wirklich unangenehm. Ich glaube ...ich brauche... meinen Mann."

Mindy schaute auf ihren Kommunikator und nickte. "Ja, das glaube ich auch. Wie lange hast du diese Krämpfe eigentlich schon?"

"Seit ein paar Wochen vielleicht?" antwortete Molly. "Aber normalerweise sind sie schnell wieder verschwunden, wenn ich aufgestanden und ein bisschen herumgelaufen bin."

"An dieser speziellen Stelle?" fuhr Mindy mit ihrer Ausfrage fort.

"Nein, an dieser Position sitzt der Krampf erst seit gestern ", erklärte Molly keuchend und verzog das Gesicht zu einer Grimasse.

"Gut zu wissen", erwiderte Mindy. "Das erklärt einige der Fragen, die ich gerade von Mintonar bekommen habe. Bist du bereit, dein Baby zu bekommen?"

"Was? Jetzt? Aber, ich bin doch erst in circa einer Woche fällig", protestierte Molly.

"Ja, seit wann richten sich Kinder nach einem bestimmten Zeitplan?", fragte Trina. "Und Orvax-Schwangerschaften sind vermutlich sowieso komplett anders, stimmts?"

„Kürzer" antwortete Molly und biss die Zähne zusammen, bis der Krampf leicht nachließ.

"Du warst also möglicherweise schon längst fällig, und jetzt hat das Baby spontan entschieden, dass es raus möchte", erklärte Trina ihr. "Alle diese Zeitvorgaben waren nur reine Vermutungen, die auf sehr wenigen Informationen beruhten."

"Und ohne weitere Daten kann man nicht wissen, ob man zu früh, zu spät oder einfach nur pünktlich ist", sagte Mindy. "Also los geht's, lasst uns neue Daten sammeln!"

Der Weg zur Krankenstation war eigentlich recht kurz, aber es fühlte sich für Molly an, als hätte es Stunden gedauert. Jetzt, wo sie wusste, was wirklich los war, nahm sie jede Stelle ihres Körpers bis ins kleinste Detail wahr, jedes Stechen und Ziehen an Bereichen, die eigentlich rein gar nichts mit dem Baby zu tun haben sollten.

Als sich die Tür zur Krankenstation öffnete sich, ergoss sich auf einmal schwallartig eine warme Flüssigkeit und rann an Mollys Beinen hinunter, als sie den Raum betrat.

"Nun, das ist bezeichnend", rief Mindy erwartungsfroh, ohne die am Boden entstandene Pfütze auch nur eines weiteren Blickes zu würdigen. "Mintonar!"

Molly blickte leicht verschämt auf und sah ihren Mann mit einem glücklichen aber gleichzeitig auch besorgten Gesichtsausdruck auf sie zukommen. "Ist alles in Ordnung?"

"Das Baby ist auf dem Weg", erklärte Mindy an ihrer Stelle. "Die Fruchtblase ist gerade geplatzt, sie hat Abstände von ca. zehn Minuten zwischen den Wehen, aber sie verkürzen sich stetig und die Wehen werden immer stärker, also solltest du besser gleich nachschauen, wie weit der Muttermund bereits geöffnet ist und wie weit er sich noch öffnen muss."

Er blinzelte sie an. "Oh..., so schnell hatte ich damit gar nicht gerechnet."

"Ich glaube nicht, dass irgendjemand darauf vorbereitet war, Doc", sagte Trina. "Und im Moment geht es ihr gut, es ist nur einfach schon eine ganze Weile her, dass sie ein Baby bekommen hat. Ich glaube, die meisten Frauen, bei denen so viele Jahre zwischen den Geburten liegen, neigen dazu, einige Dinge zu vergessen."

Intensive Schmerzwellen schossen durch sie hindurch, als die nächste Wehe einsetzte. Molly atmete durch die Nase ein und lies anschließend die Luft durch den Mund stoßweise wieder ausströmen. Dabei drückte sie die Hände, die Mindy und Trina ihr entgegenhielten fest, bis die Wehe abebbte.

"Diese Wehe kam jetzt viel schneller als erwartet, uns bleibt also nur wenig Zeit", verkündete Mindy. "Willst du deine Frau für die Geburt später lieber auf einen der Regenerationstische legen oder soll sie sich auf einen Stuhl setzen? Ich glaube, sie muss nach der Wehe erst noch ein bisschen herumlaufen, um die Unruhe zu vertreiben."

"Stuhl", antwortete Mintonar entschlossen. "Aber ..., und entschuldigt bitte meine Unwissenheit, weshalb hat sie eigentlich Schmerzen?"

Alle drei Frauen sahen ihn entgeistert an, dann begann Molly zu glucksen. "Deine Spezies hat keine Geburtswehen, oder?"

"Sicherlich existiert ein gewisses Druckempfinden am Unterbauch und zudem gibt es sorgfältig kalibrierte Anzeichen dafür, dass sich das Baby bewegt hat und der Körper bereit ist, es herauszulassen", sagte er. "Aber ganz sicher keinen Wehenschmerz."

Mindy und Trina halfen Molly auf den Untersuchungsstuhl, auf den Mintonar zuvor gedeutet hatte, während er die Geräte herausholte, die sie für die Entbindung brauchen würden. Es war eine erstaunliche Menge an technischer Ausrüstung. "War das eigentlich schon immer so?" fragte Mindy neugierig. "Wie lange haben Frauen auf eurem Planeten schon Babys bekommen, ohne dass es wehtat?"

"Solange ich denken kann", erwiderte er. "Obwohl es damals, wie eine Neuheit behandelt wurde, also würde ich vermuten, dass es irgendwann im letzten Jahrhundert oder so war."

"Wie lange habt ihr die Bio Nanos schon?" fragte Mindy weiter. "Etwa doppelt so lange, richtig? Sie waren ja ursprünglich nur als eine

Art Notfallplan gedacht. Um innere Blutungen zu stoppen und Schäden zu reparieren, die mit einer normalen Operation nicht behoben werden konnten, richtig?"

"Ja, korrekt", sagte Mintonar. "Und sie wurden immer weiterentwickelt. Wir benutzen sie jetzt für die meisten medizinischen Dinge. Das machte diese Ära der Erforschung überhaupt erst möglich. Vorher gab es viele Gefahren beim Handel mit anderen Planeten und deren Bewohnern."

"Ich vermute, eure Wissenschaftler haben die schlichtweg die Schmerzreaktion bei schwangeren Frauen kurzgeschlossen", sagte sie.

"Meine Vorfahren wollten nicht, dass sie unnötig leiden", verteidigte Mintonar seine Spezies. Sein Blick wanderte zu Molly, die mit zusammengebissenen Zähnen nach Trinas Hand griff. "Ich habe deine Geburtsfortschritte mit Hilfe der Bio Nanos überwacht. Es sollte eigentlich erst in ein paar Stunden kritisch werden."

"Oh, wie toll", erwiderte Molly. "Wolltest du mir eigentlich Bescheid geben, dass dir bewusst ist, dass ich in den Wehen liege?"

"Ich vermutete..." Mintonar begann, dann schüttelte er den Kopf. "Ich hätte es besser wissen sollen...bitte entschuldige. Wie kann ich dir helfen?"

"Sie hat einen Muskelkrampf genau an dieser Stelle", erklärte Trina und zeigte auf Mollys Rücken. "Hast du gerade etwas Wichtigeres zu tun?"

"Nein", antwortete er und beeilte sich, Trinas Platz neben Molly einzunehmen. Sie ergriff seine Hand, und der Blick der wütenden Konzentration auf ihrem Gesicht veränderte sich augenblicklich.

"Oh", rief sie, und die Erleichterung in ihrer Stimme war sofort erkennbar. "Das ist so viel besser."

Mintonar griff um sie herum und begann, mit seinen Fingern die Verkrampfung zu massieren, die sie in den letzten Tagen so gequält hatte, und sie ließ sich erleichtert in seine starken Arme fallen.

"Nun, das notiere ich mir definitiv fürs Protokoll", sagte Mindy. "Tu, was du tun musst, Doc, ich kümmere mich um den Rest."

Kapitel 4

MINDY

M indy machte sich gerade während einer heftigen Wehe Notizen, als die Textbenachrichtigung ihres Kommunikators ertönte. Dorcas suchte händeringend nach ihr und hatte scheinbar Fragen zu etwas, das mit dem Essen an Bord zu tun hatte. Molly schien die Wehen inzwischen etwas besser zu verkraften, vor allem, weil Mintonar ihre Hand hielt und ihre Haut zudem an den Stellen berührte, wo die Schmerzen am stärksten waren.

"Hey, Molly", rief sie und hielt ihr Handgelenk nach oben in ihr Sichtfeld. "Dorcas sucht nach mir. Ist es dir recht, wenn sie kurz hier vorbeikommt, oder wäre es dir lieber, dass das hier eine geschlossene Gesellschaft bleibt?"

Molly lachte. "Ich habe nicht erwartet, dass irgendetwas von dem hier privat bleibt", erwiderte sie. "Ich bin überrascht, dass ich nirgendwo Kameras sehe, die die Geburt unseres Kindes für die Nachwelt aufzeichnen."

"Ich würde nicht..." protestierte Mintonar und Molly legte eine Hand auf seine Lippen.

"Sei still! Ich wusste genau, was passieren würde, als ich mit deinem Kind schwanger wurde. Es gibt schon genug Ungewissheiten, die mit einem Hybridbaby einhergehen, da möchte ich sicherstellen, dass wir so viele Informationen wie möglich für die nachfolgenden Neugeborenen an Bord haben." Sie holte tief Luft und bemühte sich, diese während der nächsten Wehe wieder herauszupusten. "Kein Problem. Mir geht es gut, ich bin nicht beunruhigt, und ich weiß es zu schätzen, dass ihr euch alle so liebevoll um mich kümmert."

"Du hast also nicht dagegen, dass Dorcas vorbeikommt?"

Molly schüttelte den Kopf und Mindy beantwortete die Textnachricht mit dem Senden ihres aktuellen Standorts.

"Hey, hat ihre Familie nicht Rinder gezüchtet?" fragte Molly mit einem kurzen Lachen. "Wenn sie lange genug hierbleibt, kann sie das Baby ja vielleicht sogar persönlich in Empfang nehmen."

"Dorcas hat mit Kindern glaube ich nicht allzu viel am Hut", wandte Trina ein. "Aber es würde mich wundern, wenn sie nicht trotzdem bereit wäre, die Ärmel hochzukrempeln und dich auch mitten in einem Maisfeld zu entbinden."

"Auf einem Reisfeld wäre es einfacher", erklärte Dorcas als sie durch die Tür der Krankenstation hereinspazierte. "Und wir können das sicher auch mitten auf einem Maisfeld machen, wenn dir das lieber wäre. Ich wüsste zwar nicht, weshalb, denn dieser Raum ist echt schick- für einen Kreißsaal."

"Nichts hier ist so wie bei meinem letzten Mal", meinte Molly mit einem Schnauben, das den Beginn einer weiteren Wehe ankündigte.

"Nun, die Gesellschaft ist definitiv besser", erwiderte Dorcas. "Braucht ihr Hilfe hier drinnen? Ich wollte mir eigentlich nur ein paar Informationen von Mindy holen, aber wie es aussieht, habt ihr alle Hände voll zu tun."

"Du könntest uns zumindest Gesellschaft leisten", forderte Mindy sie auf. "Ich wusste gar nicht, dass du schon mal ein Baby entbunden hast."

"Ich habe eine Ausbildung zum Rettungssanitäter gemacht, bevor ich mit meinen Feldstudien begann. Es schien mir eine gute Idee zu sein, mehr als eine Person dabei zu haben, die weiß, wie man eine Verletzung behandelt, wenn wir abseits der Zivilisation unterwegs sind. Bei meiner ersten Exkursion als Doktorandin war eines der Mädchen schwanger und das Baby wollte wesentlich früher zur Welt kommen als erwartet. Sie hatte die ärztliche Freigabe für eine leichte Wanderung erhalten, und wir waren eigentlich nicht allzu weit von der Basis weg, aber das Baby hatte scheinbar keine Lust, auf den Hubschrauber zu warten."

Dorcas schüttelte den Kopf. "Babys waren noch nie gut darin, sich an Zeitpläne zu halten. Bis dahin kannte ich das nur von Kühen, die es anscheinend vorziehen, zu möglichst ungünstigen Zeiten zu kalben, und natürlich aus der Theorie im Unterricht."

"Glückwunsch", verkündete Mindy. "Du hast offiziell mehr praktische Erfahrung als wir alle zusammen. Bleib ruhig hier und sehe dir das erste Hybridbaby an, das auf dem Schiff geboren wird."

Dorcas hob eine Augenbraue und sah die anderen an. "Ernsthaft?"

"Ernsthaft", wiederholte Trina mit einem schiefen Grinsen. "Die Orvax befinden sich in einem Zustand, den man mit einer Fruchtbarkeitskrise vergleichen könnte. Zumindest ein Teil davon ist künstlich erzeugt, aber ich glaube, wir haben jetzt eine leise Ahnung, wo der Rest des Problems liegen könnte.

"Was meinst du damit?" fragte Mintonar verwundert, dann wandte er sich aber sofort wieder seiner Gefährtin zu, die sich mutig durch eine weitere Wehe kämpfte.

"Wir werden es dir erklären, wenn du älter bist", versprach Trina ihm. "Konzentriere dich jetzt erstmal darauf, deine Molly da durchzubringen."

Dorcas setzte sich zu Mindy neben die blinkenden Monitore und begann, unzählige Fragen in Bezug auf die Apparaturen und Mollys Schwangerschaft zu stellen. Als sie alles aufgesogen hatte, was Mindy ihr über die medizinische Seite mitteilen konnte, begann sie, ihre Ärmel hochzukrempeln.

"Medizinische Handschuhe?", fragte sie unvermittelt und Mindy zeigte auf die Schublade neben dem Waschbecken. Sie ließ Dorcas zuerst ihre Hände schrubben, bevor sie ihr anbot, ihr beim Anziehen der Handschuhe behilflich zu sein. Diese benötigte ihre Assistenz allerdings nicht einmal, denn sie hatte die ausgeklügelte Apparatur bereits durchschaut, die Mintonar für sich eingerichtet hatte, um in der Krankenstation notfalls auch ohne Hilfe arbeiten zu können.

Mindy war als Nächste an der Reihe sich die Handschuhe anzuziehen, wobei sie mit dem ungewohnten System etwas länger brauchte als Dorcas. Als sie den Vorgang erfolgreich beendet hatte, war Mollys Geburtshilfestuhl von Mintonar noch ein Stück weiter nach hinten gelehnt worden.

"Dieses Gerät macht ja sogar Vorhersagen", bemerkte Dorcas erstaunt und deutete auf den Bildschirm mit den entsprechenden Messwerten.

"Ja, das tut es", bestätigte Mindy mit einem Grinsen. "Ich bezweifle zwar, dass sie besonders präzise sind, aber, wow..."

Die Linie, die die Intensität von Mollys Wehen anzeigte, spitzte sich zu, und der Vorhersage-Timer sprang spontan von fünfundvierzig Minuten auf gerade mal zehn Minuten.

"Ich schätze mal, bei diesem Baby wird nichts normal sein, oder?" fragte Dorcas mit weit aufgerissenen Augen.

"Ich glaube, die Geburt dieses Babys wird uns dabei helfen zu definieren, was normal sein sollte", erwiderte Mindy. "Oder zumindest die Stellen aufzeigen, an denen die Dinge vielleicht falsch laufen könnten."

Mintonar bewegte sein Handgelenk, um auf seinem Kommunikator Anweisungen abzurufen, die Mindy noch immer nicht komplett nachvollziehen konnte, und eine holografische Projektion des Babys im Uterus erschien direkt vor ihnen auf dem Bildschirm.

"Heiliger Bimbam... wow, das ist raffiniert", hauchte Dorcas, dann beugte sie sich herab, um nach Mollys Muttermund zu schauen. Sie war bereit zu pressen, und sie konnten alle wenig später live miterleben, wie Molly ihre Tochter auf die Welt brachte.

Die Nachgeburt ging schnell und weitgehend schmerzlos von statten. Nachdem das Baby entbunden war, begannen Mollys Bio Nanos mit der Arbeit an etwas, das sie für eine offene Wunde hielten. Technisch gesehen hatten sie damit zumindest nicht unrecht.

Nach der Geburt eines Kindes gab es immer mehr zu tun, als den meisten Menschen bewusst war, und sicherlich mehr, als in den meisten Filmen und Fernsehsendungen gezeigt wurde, aber mit der Hilfe der Orvax -Technologie ging alles zügig vonstatten, zumindest ab dem Moment, als Mintonar sich von seiner Molly lösen konnte.

Er ließ sie mit Trina in einem abgedunkelten Bereich der Krankenstation zurück, die sich um das sich windende Bündel auf Mollys Brust kümmerte, und begann, die Tests vorzubereiten, die sie anschließend unbedingt noch durchführen mussten.

"Es wäre schön, wenn sie einfach nur etwas Zeit mit dem Baby verbringen könnte", bemerkte Mindy leise. "Ich weiß, dass all diese Tests extrem wichtig sind, aber sie könnte die rosa Zeit gut gebrauchen."

"Rosa Zeit?" fragte Mintonar.

"Das Nachglühen", erklärte sie ihm. "Die Phase, in der die guten Schmerzmittel noch wirken und alles entspannt ist und einen rosa Schimmer zu haben scheint. Das hat sie sich redlich verdient."

Mintonar nickte. "Wir sind nie dazu gekommen, ihr Schmerzmittel zu verabreichen, aber ich verstehe was du meinst."

"Wie bitte?" fragte Mindy entsetzt. "Was soll das heißen, du hast ihr nie Schmerzmittel gegeben. Ich dachte, das hättest du als erstes getan?"

"Molly sagte, sie wolle nichts einnehmen, was unser Kind beeinträchtigen oder ihm schaden könnte. Da dies das erste Hybridbaby ist und wir im Moment nicht genau wissen können, was dem Kind schaden könnte, habe ich keine entsprechenden Protokolle gestartet. Ich hatte zudem alle Prozesse der Bio Nanos, die sich möglicherweise einmischen könnten, abgeschaltet, so dass auch diese nichts bewirkt hätten."

"Und was hast du stattdessen gemacht?" fragte Dorcas mit einem äußerst interessierten Gesichtsausdruck.

"Ich habe sie berührt", antwortete Mintonar. "Das ist die Wirkung der <Erkennung>, und sie wird stärker, je intensiver wir miteinander verbunden sind. Ich vermute, dass die Berührung allein mehr gegen Mollys Schmerz ausgerichtet hat als alles, was ich sonst mit Medikamenten für sie hätte tun können."

"Ich wusste nicht, dass es eine so starke Wirkung hat", meinte Dorcas überrascht. "Was kann es sonst noch alles?"

Mindy öffnete den Mund und sah dann in Richtung Mintonar. "Ehrlich gesagt? Was die Wirkung auf den Menschen betrifft, so wissen wir noch nicht wirklich viel darüber. Es fühlt sich an wie ein herrlicher Cocktail aus Hormonen und Wohlfühlfunken, aber darüber hinaus? Wir tappen noch völlig im Dunkeln."

"Hm...", überlegte Dorcas mit einem Nicken. "Das ist wirklich interessant. Und es beantwortet auch schon so manches von dem, was ich in Bezug auf das Essen fragen wollte. In dem Gemüse vom Planeten Orvax gibt es einige Molekülketten, die ich nicht identifizieren konnte und die mit nichts übereinstimmen, was wir auf der Erde haben. Ich möchte wissen, was sie bewirken, damit ich herausfinden kann, ob wir etwas Vergleichbares zusammenschustern können oder nicht."

Sie sah zu Molly und dem Baby hinüber und lächelte sanft. "Das hat aber alles noch Zeit. Ich vermute mal, ihr werdet hier noch eine Weile beschäftigt sein."

Mindy nickte. "Schick mir deine Fragen und gesammelten Fakten einfach später rüber. Ich komme schneller an die Informationen, die du brauchst, wenn ich das entsprechende Material schon hier habe."

"Das kann ich machen", erwiderte Dorcas und wandte dann sich ab, um ihre medizinischen Handschuhe auszuziehen und anschließend ihre eigenen aus der Tasche zu holen.

Ein flüchtiger Blick auf blasse Haut war alles, was Mindy erhaschen konnte, bevor die anderen Handschuhe übergezogen waren. Dorcas drehte sich wieder zu ihr um, lächelte und winkte einen Abschiedsgruß in Richtung Molly, bevor sie die Krankenstation verließ.

"Ist ihr bewusst sie, dass sie auf dem Schiff keine Handschuhe tragen muss?" fragte Mintonar und startete die ersten Scans seiner Tochter auf dem Kontrollpult neben ihm. Sie waren technisch schon so fortschrittlich, dass Molly ihr Baby noch ein wenig länger im Arm halten konnte, ohne sie für eine solche Untersuchung loslassen zu müssen.

"Ich glaube, Dorcas mag die Handschuhe einfach", erwiderte Mindy. "Sie scheint kein Problem damit zu haben, eine andere Art Handschuhe zu benutzen, wenn die Situation es erfordert, aber ich habe sie ehrlich gestanden noch nie ohne Handschuhe gesehen."

"Ich verstehe", sagte Mintonar. "Nun, wenn sie eine andere Art davon vorzieht, können wir das sicher arrangieren."

"Ich werde es ihr gegenüber erwähnen", versprach Mindy.

Sie drehten sich beide zu Molly und dem Baby um, und Mindy beobachtete, wie sich Mintonars Gesicht spontan aufhellte. Was auch immer sie in der Zukunft erwarten würde, sein Gesichtsausdruck verriet ihr, dass er alles in seiner Macht Stehende tun würde, um sicherzustellen, dass es Molly und dem Baby gut ging.

Kapitel 5

KAELIN

K aelin war total aufgeregt. Es hatte sich bereits an Bord herumgesprochen, dass Mollys Baby unterwegs war, und außerdem war die letzte Lieferung ihrer Mutter von der Erde gerade eingetroffen.

Eines der ersten Dinge, die ihre Mutter ausgehandelt hatte, war die Möglichkeit, Hilfsgüter an die Frauen an Bord des Schiffes zu schicken. Die Orvax hatten dem zugestimmt, und die beteiligten Regierungen waren sich einig gewesen, dass dies aus humanitären Gründen wichtig wäre. Schließlich wollte sich keine Seite später vorwerfen lassen, dass sie die Frauen hier oben ohne das Nötigste auskommen müssten. Die Grundbedürfnisse umfassten in diesem Fall natürlich keine Waffen, aber waren ansonsten recht vage formuliert, das ließ ihnen einen großen Spielraum für alle möglichen Dinge, die offiziell unter dem Titel 'humanitäre Hilfe' geschickt werden konnten.

Einschließlich Weihnachtsdekorationen.

Nachdem sie ihre Hochzeit bekannt gegeben hatten, begannen natürlich auch die Vorbereitungen für die Hochzeitsfeierlichkeiten. Sie versuchten, all die Hochzeitstraditionen von Menschen und Orvax öffentlich zu zelebrieren, was mindestens ein halbes Dutzend offizieller Mahlzeiten bedeutete. Die Hochzeitsplanerin war zwar ein wenig enttäuscht gewesen, dass sie ihre Arbeit nicht vom Raumschiff aus erledigen konnte, aber sie hatte keine Erlaubnis erhalten, den Planeten Erde zu verlassen.

Es gab täglich, manchmal sogar stündlich, Anrufe, um Dinge zu organisieren, und Kaelin musste die meisten davon allein erledigen. Hätte sie die Zeit gehabt, eine Assistentin zu interviewen und einzustellen, hätte diese ihr so einiges davon abnehmen können, aber sie traute sich nicht, Brinker noch mehr Arbeit aufzubürden, deshalb blieb der Großteil der Organisation an ihr hängen.

Heute war jedoch Heiligabend.

Weihnachten war schon immer einer ihrer Lieblingsfeste gewesen, und sie hatte sich wirklich bemüht, sich nicht anmerken zu lassen wie enttäuscht sie war, dass es an Bord des Schiffes nicht die üblichen Feierlichkeiten geben würde. Die Orvax waren alle supernett gewesen und hatten versucht, ihr dabei zu helfen, sich an ein Leben auf dem Raumschiff zu gewöhnen, in dem es nicht viele äußere Anzeichen für Tages- oder Jahreszeiten gab, aber es hätte sich trotzdem komisch angefühlt, Weihnachtslieder schmetternd durch die Flure des Schiffs zu ziehen.

Als sie ihrer Mutter von ihrem Dilemma berichtete, hatte diese sie ermutigt, einfache Papier-Dekorationen zu basteln, so wie sie es schon als Kind getan hatten. Das hatte zumindest teilweise funktioniert, um ihre klitzekleine „Weihnachtsdepression" im Zaum zu halten, und sie hatte zudem diverse mehr oder weniger dekorative Papiergirlanden als Beweis für ihre Bastelwut vorzuweisen.

Die Ankunft einer Kiste mit Ornamenten als "kleine Aufmerksamkeit für die Feiertage" war daher zwar unerwartet, aber gleichzeitig auch sehr willkommen gewesen. Ihre Freudentränen bei dem vertrauten Anblick hatte bei ihrem normalerweise nahezu unerschütterlichen *Ajoian* in eine Panikattacke ausgelöst, die sie eher amüsant fand.

Jetzt hatte sie sich einen Teil des Aufenthaltsraums ausgeguckt, um all die Dekorationen anzubringen.

Es gab dort unter anderem einen Bildschirm, der für Filmabende oder Präsentationen genutzt wurde und auf dem gerade der Blick auf die Außenseite des Schiffes zu sehen war. Sie hatte daran mit Hilfe einiger abnehmbarer Aufhänger eine Girlande angebracht und war gerade dabei, die daneben aufgestellte künstliche Tanne zu schmücken, als Chaegar hereinkam und sie unterbrach.

"Da ist eine Schachtel für Molly angekommen", erklärte er. "Deine Mutter hat sie geschickt, aber Molly ist gerade ein bisschen beschäftigt. Möchtest du, dass ich sie hier hereinbringe? Oder soll ich ihr lieber eine Nachricht hinterlassen, dass das Paket in der Shuttlerampe auf sie wartet? Deine Mutter meinte, es sei wichtig, dass es schnell geliefert wird."

"Dann ist es wahrscheinlich etwas für das Baby", vermutete Kaelin. "Warum bringst du es nicht hierher, und wenn es nichts Verderbliches ist, werde ich es mit einer Schleife versehen und unter den Weihnachtsbaum legen."

Chaegar betrachtete die künstliche Tanne misstrauisch. "Ich glaube nicht, dass es darunter passt."

Sie lächelte ihn an. "Keine Angst, es wird nicht direkt darunter liegen. Aber ich denke, ich werde einen Weg finden, den Baum ein wenig anzuheben, damit wir das ändern können. Es ist nur der Ort, wo wir Menschen üblicherweise unsere Geschenke hinlegen. Die meisten sind klein genug, dass sie unter die unteren Äste passen, aber wenn es zu viele sind, werden sie einfach übereinandergestapelt. Die großen Geschenke kommen dann normalerweise etwas weiter nach hinten."

"In Ordnung, ich bringe es rein. Du kannst später entscheiden, wie du es platziert haben möchtest", sagte er und ging.

Kaelin brummte zustimmend und betrachtete die Tanne mit einem kritischen Auge. Es war eine wirklich schöne Baumattrappe, und ihre Mutter hatte eine Schachtel mit Weihnachtsschmuck in ihren Hochzeitsfarben mitschickt, zusammen mit anderen Dekorationen, die sie für politisch korrekt hielt. Sie hatte ihrer Tochter zudem vorgeschlagen, am Weihnachtsmorgen Fotos zu machen die anschließend an die Medien weitergeleitet werden sollten. Wenn sie das am Weihnachtsabend hinbekommen könnten, würde das vielleicht sogar funktionieren, und die Medien hätten weniger Zeit, sie zu zerpflücken. Sie würden es zwar vermutlich trotzdem versuchen, aber Kaelin würde sich davon ihre Weihnachtsstimmung trotzdem nicht verderben lassen.

Ihre Mutter hatte außerdem stapelweise leere Geschenkschachteln mitgeschickt, die farblich zur Dekoration passten, sowie extra Material zum Einpacken von Geschenken. Es hatte sie fast ein wenig überrascht, dass keine verzierten Kekse in den bunten Schachteln versteckt waren, aber immerhin lagen zumindest Rezepte für altmodische Leckereien bei, für die sie einige der Vorräte verwenden konnten, die sie mitgebracht hatten. Sie würde die Rezepte an Dorcas weitergeben, wenn sie Zeit dafür fand.

Als Chaegar mit dem Paket für Molly zurückkam, hatte Kaelin gerade die letzten Lichterketten um den Baum gewickelt und die Batterien für die Beleuchtung gefunden. Sie musste ihm jedoch Recht geben, das Geschenk würde so definitiv nicht unter den Baum passen.

"Oh, das ist perfekt!" rief sie und klatschte in die Hände als sie den Aufdruck auf der Seite des Kartons entdeckte. "Molly wird sich riesig darüber freuen, und es ist typisch menschlich, so etwas an frischgebackene Eltern zu verschenken. Wir sollten es allerdings am besten noch heute Abend zusammenbauen, denn ich kann mir vorstellen, dass die beiden keine Zeit dafür haben werden, das selbst zu tun, bis das Baby zu groß dafür ist."

"Was ist es denn?" fragte Chaegar. "Es sieht aus wie ein Miniaturbett."

"Es ist ein sogenannter Stubenwagen", erklärte sie. "Für die kurze Zeitspanne, in der das Baby noch nicht groß genug für ein Kinderbett ist."

Chaegar nickte und zog ein Messer hervor, das er seit seinem Besuch auf der Erde immer bei sich trug. Es war Teil eines Tauschgeschäfts gewesen und ausdrücklich kein Geschenk von David und Jenna. Und er hatte es seither nicht aus der Hand gegeben. Er durchtrennte das Klebeband wie ein Profi, zumindest kam es Kaelin so vor, und wahrscheinlich war er das irgendwie auch schon. Er hatte ihnen jedes Mal bei den Reisen zur Erde und zurück mit dem Shuttle mit Rat und Tat zur Seite gestanden, und Dorcas hatte ihn als unschätzbar wertvoll empfunden.

Kaelin zog die Montageanleitung aus dem Paket, während Chaegar begann, die einzelnen Teile herauszuheben und alles so hinzulegen, dass sie die Einzelteile erkennen konnte.

"Hast du so etwas schon einmal gemacht?", fragte sie ihn.

Er grunzte. "Dorcas möchte alles immer so vorbereitet haben, dass sie alles sehen kann, damit wir eine zunächst eine Bestandsaufnahme machen können, bevor wir mit dem Zusammenbau starten. Es werden nicht immer alle Teile mitgeliefert, und wir müssen die fehlenden Teile ersetzen. Es ist einfacher, sie zu identifizieren, wenn man weiß, was man zur Verfügung hat.

"Das macht Sinn", erwiderte Kaelin. "Oh, und die Werkzeuge und alles, was wir für das Anbringen der Schrauben und Muttern brauchen ist auch schon dabei. Ich liebe es, wenn sie das tun- es macht alles so viel einfacher."

"Die Dekoration sieht wirklich schön aus", lobte Prinz Serogero, der am Eingang zum Aufenthaltsraum stand. "Aber was genau bastelt ihr da gerade?"

"Im Moment ist es noch ein ziemliches Chaos", gab Kaelin lachend zu. "Das soll irgendwann mal ein Stubenwagen werden."

"Ein Stubenwagen?", fragte der Prinz und neigte den Kopf zur Seite. "Ist das so eine Art Korb?"

"Für das Baby", erklärte sie. "Meine Mutter hat es als Geschenk für Molly hergeschickt, und ich dachte, es wäre nett, es für sie fertig zusammengebaut zu haben, wenn das Baby da ist."

"Das ist eine wirklich schöne Idee", meinte ihr Liebster. "Ich hatte ehrlich gesagt erwartet, dass du bei der Entbindung dabei sein willst."

Kaelin schüttelte den Kopf und sah anschließend sofort wieder auf die Anleitung hinab. "Ich mag Babys wirklich sehr, aber ich weiß noch nicht allzu viel über sie, und ich mag keine Krankenstationen, auch nicht die hier an Bord. Molly braucht mich nicht unbedingt als Zuschauerin, aber ich kann das hier für sie tun."

Serogero küsste sie auf den Scheitel und sie spürte ein warmes Leuchten in sich aufsteigen, dass wenig mit der <Erkennung> zu tun hatte. "Du bist eine gute Freundin, mein Herz", sagte er. "Kann ich dir irgendwie helfen?"

"Bist du denn für schon heute fertig?", fragte sie und sah zu ihm auf.

"Das bin ich, und das gilt übrigens auch für morgen, da wir euren Weihnachtsfeiertag begehen", sagte er. "Natürlich soll alles entsprechend für die Erdenbewohner dokumentiert und anschließend mit unserer ausdrücklichen Erlaubnis an diverse Medienkanäle verteilt werden".

Kaelin seufzte. "Ich hatte schon befürchtet, dass ich in einem Fischglas leben würde", sagte sie. "Aber wenigstens haben wir ein Mitspracherecht bei dem, was sie zu sehen bekommen. Alles ist so weit für die Fotoshootings vorbereitet, und ich sorge dafür, dass wir jede Menge Aufnahmen mit den Geschenken unter dem Baum haben. Wahrscheinlich müssen wir trotzdem noch improvisieren und Mama hat versprochen, noch einen Mistelzweig her zu schicken."

"Ich bin hier, wenn du mich brauchst", erinnerte er sie und drückte ihr einen sanften Kuss auf die Lippen. "Und ich stehe gerne für alle Fotos Modell, die du machen möchtest. Das wäre wahrscheinlich sogar ein guter Zeitpunkt, um etwas Übung zu bekommen."

Sie lächelte ihn an. "Einverstanden. Aber jetzt lass uns erstmal den Stubenwagen zusammenbauen, den wir vermutlich in einem Großteil der Bilder verstecken müssen."

"Ich dachte, wir wollen das Baby bekannt machen ", fragte Serogero irritiert, und kniete sich hin, um seiner Liebsten beim Auspacken der Einzelteile zu helfen.

"Das wollen wir", sagte Kaelin. "Aber Babys neigen dazu, anfangs viel zu schlafen und sind nicht immer fotogen. Wenn wir also nicht unbedingt wollen, dass das Baby im Mittelpunkt aller Bilder steht, müssen wir den Stubenwagen gut positionieren, denn sonst suchen die Medienprofis nach unvorteilhaften Winkeln".

"Sind eure Leute echt so oberflächlich?" fragte Chaegar und schüttelte den Kopf. "Vergiss es, antworte besser nicht darauf. Ich kenne die Antwort bereits."

"Nicht alle", erwiderte Kaelin. "Nicht alle, wirklich nicht, aber das werden quasi Werbeaufnahmen für unsere gemeinsame Mission sein. Wir versuchen, die Menschen auf der Erde davon zu überzeugen, dass die Orvax gute und glückliche Leute sind und gute und glückliche Babys zeugen, auch wenn wir alle wissen, dass dieses Baby vermutlich das tun wird, was alle Babys üblicherweise nun mal tun."

"Und was wäre das?" fragte Serogero. "Auf meinem Planeten gibt es sie eher selten."

"Babys kacken, pinkeln, schlafen, essen und schreien", antwortete Kaelin. "Und eine ganze Zeit lang ist das alles, was sie tun, wenn auch nicht immer alles zur gleichen Zeit. Es ist jedoch nicht selten, dass ein Säugling zumindest einen Teil davon im Schlaf macht, was dazu führt, dass es jede Menge Momente geben wird, die nicht unbedingt fotogen wirken."

"Aber es gibt sicherlich auch Augenblicke, die sich perfekt wirken", meinte Serogero. "Und wir werden dafür sorgen, dass wir genau diese einfangen und weitergeben."

"Wir werden versuchen, so viele wie möglich davon einzufangen", stimmte sie ihm zu. "Und ich möchte auch ein paar Bilder vom Warten auf das Baby machen. Wir müssen also mit dem Teil dort anfangen."

Sie deutete mit dem Fuß auf eine der Holzstangen, und Chaegar ergriff sie und auch die nächste, auf die sie zeigte. Er fügte die beiden zusammen, und Serogero hielt die Schrauben und das Werkzeug dafür parat. Zusammen brauchten sie nur etwa fünf Minuten, um alles außer den Stoffteilen des Stubenwagens zu montieren. Es dauerte weitere zehn Minuten, in denen sie sich damit abmühten, alles gleich beim ersten Mal an der richtigen Stelle anzubringen, aber als sie damit fertig waren, sah es genauso aus wie auf dem Bild auf der Außenseite der Schachtel.

Chaegar begann bereits, den ganzen Müll zusammenzusammeln, als Kaelin das Projekt für erfolgreich erklärte.

"In Ordnung", verkündete Kaelin. "Wir räumen jetzt hier schnell auf und ich richte anschließend alles so her, damit wir ein Foto machen können, und danach werde ich nach Molly sehen."

"Glaubst du, dass etwas mit ihr nicht stimmt?" fragte Serogero. Er half Chaegar beim Aufsammeln des Mülls und es fiel Kaelin auf, da er das normalerweise nicht oft tat.

"Nein", antwortete Kaelin. "Aber ich habe schon eine ganze Weile nichts mehr von ihr gehört, und ich dachte, es könnte nicht schaden, einfach mal einen Blick in ihr Quartier zu werfen und nachzuhaken, wie der Stand der Dinge ist. Wenn etwas furchtbar schief gegangen wäre, hätten wir sicher schon etwas davon gehört, aber ich möchte auch keine Vermutungen anstellen."

"Dann werde ich dich begleiten", verkündete Serogero. "Und ich nehme das Geschenk für die Geburt gleich mit."

"Ihr macht Geburtsgeschenke?" fragte Kaelin verblüfft. "Davon hast du mir gar nichts gesagt."

"Normalerweise werden sie von Familie und Freunden gebracht", erklärte ihr *Ajojan*. "Aber wenn eine Familie mit der kaiserlichen Familie bekannt ist, ist es Tradition, mit der Überbringung zu warten, bis der Herrscher sein Geschenk überreicht hat."

"Und Geschenke gibt es erst nach der Geburt des Kindes? fragte Kaelin. "Hätte ich etwas tun können, um dir dabei zu helfen?"

"Normalerweise immer nach einer erfolgreichen Lebendgeburt", erwiderte Serogero. "Du warst so eingespannt, dass ich dich nicht darum bitten wollte, wenn ich durchaus in der Lage war, mich allein darum zu kümmern. Ich vermute, wir werden noch viele Gelegenheiten haben, Mutter und Kind mit Geschenken zu überhäufen.

Kaelin lächelte zu ihm hoch. "Eigentlich habe ich nur meine Mama gebeten, etwas zu schicken. Normalerweise machen wir unsere Geschenke, bevor das Baby geboren wird, aber es war so viel los, dass es schwer war, herauszufinden, was Molly hier oben wirklich braucht, und sie konnte sich nirgendswo in eine Liste eintragen."

Eine der Schachteln, die ihre Mutter von der Erde geschickt hatte, enthielt ein Plüsch- Rentier mit einem niedlichen Gesichtsausdruck und einer Rassel. Eine andere enthielt Pflegelotionen und eine Fußcreme, von der sie wusste, dass Molly sie schätzen würde. Kaelin suchte die Schachteln heraus und gesellte sich anschließend zu ihrem *Ajojan*.

Kapitel 6

DORCAS

Dorcas eilte aus der Krankenstation, wobei sie immer wieder abwesend an ihren Handschuhen zupfte, und stieß in ihrer Hast beinahe mit Kaelin und Prinz Serogero zusammen. Sie stolperte vor Überraschung über ihre eigenen Füße und blickte dann verschämt von Kaelins Gesicht weg, als die andere Frau sie kichernd auffing, bevor sie gegen die Wand prallen konnte. Als sie sich abrupt wieder von dem Paar zu entfernen versuchte, fragte Kaelin "Alles in Ordnung?" und ließ Dorcas los, als sie wieder einigermaßen sicher auf beiden Beinen stand.

"Alles gut", antwortete sie leise und holte erstmal tief Luft. "Sogar besser als gut. Das Baby ist da, es scheint gesund und munter zu sein, und Molly ist überglücklich, aber sehr müde. Ich werde jetzt gehen und das zu Ende bringen, womit ich begonnen hatte, bevor bei Molly die Wehen einsetzten. Wenn ihr mich bitte entschuldigen würdet?"

Sie knickste kurz und machte anschließend einen kleinen Bogen um die beiden, bevor einer von beiden auch nur einen Ton dagegen sagen konnte. Streng genommen musste sie Prinz Serogero zwar keine derartige Ehrerbietung erweisen, aber es käme ihr seltsam vor, seine Position auf dem Schiff nicht wenigstens in irgendeiner Art anzuerkennen.

Wenn sie sich weiter ruhig verhielt, würde sie die nächsten Tage womöglich ohne weitere Zwischenfälle überstehen, und danach sollte die ganze Sache mit dem neuen Baby halbwegs abgeklungen sein und sie würde es eher aushalten, über längere Zeit in der Nähe des kleinen Wesens zu sein. Irgendwann würde der Säugling jedoch vielleicht anfangen zu weinen oder mit diversen Körperflüssigkeiten bedeckt sein, und dann würde sie es nicht mehr so gerne hochnehmen und halten wollen.

Babys nahmen zu viel Zeit in Anspruch, und sie hatte schon vor langer Zeit beschlossen, dass sie kein Interesse daran hatte. Ihre Studien und die Leitung der elterlichen Farm beanspruchten zu viel von ihrer Gehirnkapazität, auch wenn sie sich weigerte zuzugeben, dass sie eigentlich immer noch auf dem neuesten Stand der Forschung war und sich einfach nur danach sehnte, mehr von den Steinen auf dem Schiff in die Hände zu bekommen, um sie weiter zu analysieren. Diejenigen, die Trina als ungeeignet für den Schmuck, den sie für den Tauschhandel zusammenstellte, beiseitegelegt hatte, waren faszinierend gewesen, und sie wollte unbedingt noch mehr von der Orvax-Kleidung durchforsten, um zu sehen, was sonst noch Spannendes zu finden war.

Nach den Feiertagen würde sie vielleicht sogar Gelegenheit dazu bekommen. Im Moment war alles auf dem Schiff, außer den grundlegenden funktionalen Tätigkeiten, wegen Weihnachten und der Hochzeit des Prinzen zum Stillstand gekommen. Sie planten auch schon für den Valentinstag, hatten sich aber noch nicht auf einen Ort geeinigt, an dem die Festivität stattfinden sollte. Tag um Tag war sie dankbarer, dass es nicht ihre Hochzeit war, und sie nicht die Person war, die im Mittelpunkt des Geschehens stand.

Wie Kaelin das aushalten konnte, vor allem all die Anspielungen über ihr Gesicht und die Spekulationen darüber, weshalb sie plötzlich keine Brille mehr trug, konnte sie sich gar nicht vorstellen. Allein der Gedanke an ein derartiges öffentliches Interesse hätte sie dazu gebracht, sich mit einem Ohnmachtsanfall in ihrem Bett zu verkriechen.

Zumindest, wenn sie zu derartigen Anfällen neigen würde.

Stattdessen versteckte sie sich lieber bei ihren Maschinen und Gesteinsformationen und recherchierte fieberhaft, wie die Ernährung der Orvax funktionierte. Der Blick auf die Nahrung war eines der wichtigsten Dinge, wenn man eine neue Kultur erforschte, und auf beiden Planeten waren Kriege um Wasser geführt worden, auch wenn es auf der Erde noch nicht so lange zurück lag, wie bei den Orvax. Sie genoss es, von Barruch-di-vry, dem Koch an Bord des Raumschiffs, Vorträge über die verschiedensten Traditionen zu hören, die mit den von ihm zubereiteten Mahlzeiten einhergingen, und darüber, wie lange er dafür trainieren musste, um einige von ihnen korrekt hinzubekommen.

Sie hatte versprochen, ihm im Gegenzug einige ihrer Lieblingsrezepte zu kochen und dann gemeinsam mit ihm auszutüfteln, wie man sie an die Orvax- Lebensmittel anpassen könnte. Aber nicht gerade jetzt.

Heute war schließlich Heiligabend und sie war sich der schmerzhaften Tatsache bewusst, dass sie sehr weit von ihrer geliebten Familie entfernt war. Es war eine ganz bewusste persönliche Entscheidung gewesen, insbesondere, da sie mehrfach Angebote zur Rückfahrt auf die Erde ausgeschlagen hatte, weil sie unbedingt auf dem Schiff bleiben wollte. Sie hatte sich nicht träumen lassen jemals in den Weltraum zu reisen und fremde Welten zu erkunden, und sei es nur durch die Gesteine und Geschichten, die sie mitgebracht hatten.

Es gab Gerüchte über Gruppierungen auf der Erde, die versuchten, die Frauen auf dem Schiff zu 'ihrem eigenen Besten' vor dem Einfluss der Orvax zu retten, aber mit diesem Unsinn wollte sie nichts zu tun haben. Ihre Entscheidung an Bord zu bleiben, bedeutete allerdings auch, dass sie traurigerweise nicht miterleben konnte, wie ihre Nichte und ihr Neffe die Bücher aufschlugen, die sie ihnen zu Weihnachten geschickt hatte. Gegenstände, über die sie sich vermutlich anfangs wie jedes Jahr etwa dreißig Sekunden lang lautstark beklagen würden, mit denen sie sich später jedoch klammheimlich zum Lesen ins Kinderzimmer verkrochen, während ihre Eltern das Wohnzimmer aufräumten. Oft mit einer Tasse heißer Schokolade, die kalt wurde, weil man sie vor lauter Spannung zwischen den Buchseiten einfach vergessen hatte.

Dorcas war schon fast in der Lounge angekommen, tief in Erinnerungen an vergangene Weihnachtsfeste mit ihren Liebsten versunken, als sie plötzlich gegen eine sehr harte Brust prallte. Starke, sehnige Hände griffen sie an den Oberarmen, und sie entspannte sich kurz, bevor sie sich wieder versteifte und zurücktrat.

"Vorsichtig, Dorcas", rief Chaegar ihr zu. "Ich hätte dich beinahe umgeworfen. Du hattest Glück, dass ich gerade nichts Schweres in den Händen hielt."

"Ich bitte um Entschuldigung, Chaegar", erwiderte sie und richtete ihr Kleid, um ihre Aufregung zu verbergen. "Ich hatte nicht damit gerechnet, dass hier so spät noch jemand herumläuft. Es ist doch schon spät, oder?"

"Ja, Ma'am", antwortete er mit dem Versuch eines Akzents. Es hörte nicht ganz so absurd wie beim letzten Mal an, als er es versucht hatte, und es brachte sie zum Lächeln.

"Okay, gut", sagte sie. "Ansonsten hätten meine Augen mich genauso im Stich gelassen, wie zeitweise mein Verstand. Ich bin zwar immer noch ein wenig verrückt, aber ich kann zumindest sagen, wie viel Uhr es ist."

"Du bist nicht verrückt, Dorcas", widersprach ihr Chaegar. "Aber du warst ziemlich schnell unterwegs, und hast nicht aufgepasst, wohin du gehst. Was hast du dir nur dabei gedacht?"

"Ich habe an Weihnachtsplätzchen gedacht ", antwortete sie ihm mit einem leichten Grinsen. "Und dass ich dieses Jahr noch gar keine gebacken habe. Barruch sagte, dass eure Spezies nicht wirklich Plätzchen backt?"

"Nicht so, wie wir sie auf der Erde gesehen haben, nein", erwiderte Chaegar. "Aber ich glaube, ich kenne das Wort von irgendwoher. Es steht hier drauf, oder?"

Er hielt ihr einen Stapel Papiere hin, den sie zunächst gar nicht in seiner Hand bemerkt hatte, und sie nahm ihn entgegen. Es handelte sich um eine Ansammlung von Rezepten, die nicht nur Zubereitungsanweisungen enthielten, sondern auch Erklärungen, weshalb sie so funktionierten. Das meiste davon war ihr zwar bereits bekannt, aber einige andere erklärten auch die Hintergründe einiger der verwendeten Getreidesorten und welche mit anderen ersetzt werden konnten und wie sich anschließend die Textur unterscheiden würde, wenn sie in einem vergleichbaren Rezept verwendet würden.

"Oh", hauchte sie und blätterte die Seiten durch. "Oh, ja, genau da sind sie. Wo hast du die Papiere gefunden?"

"Kaelin sagte, sie seien für dich", erwiderte er. "Sie meinte, sie seien in einer Kiste gewesen, die ihre Mutter mit Baumschmuck und Dekorationen gefüllt hat. Sie und Prinz Serogero haben sie versehentlich zurückgelassen, als sie Molly und das Baby besuchen wollten, und ich dachte, ich könnte sie dir bringen, damit du sie hast."

"Danke", hauchte sie und sah zu ihm auf. "Und womit warst du abgelenkt, dass du mich nicht gesehen hast, als ich dich anrempelte?"

Er grinste sie an. "Ich habe versucht zu entziffern, was da draufsteht. Ich glaube, ich bin neben dem Prinzen die Person hier oben, die bisher am meisten mit eurer Schriftsprache in Berührung gekommen ist. Meist sind es zwar nur Etiketten auf Kisten oder Bauanweisungen und derartiges, aber ich versuche, alles, was ich in die Hände bekomme zu übersetzen. Es wird vermutlich ein bisschen länger dauern, bis wir eine annähernd gute Übersetzungsmöglichkeit für eure geschriebene Sprache bekommen."

Sie lächelte. "Auf der Erde habe selbst ich manchmal noch Probleme damit, aber ich kann dir versprechen, es wird besser umso mehr man sich damit beschäftigt. Glaubst du, Barruch ist noch in der Küche und würde mir helfen, herauszufinden, wie man diese Plätzchen backt? Wir haben einige der Getreidekörner durch eine Mini-Mühle gejagt und ich glaube, es wäre genug Mehl für ein oder zwei Bleche da."

"Er war vorhin noch dort, als ich mich auf den Weg hierher gemacht habe", sagte Chaegar. "Ich kann mitkommen und euch helfen, und zu dritt könnten wir die ersten hybriden Weihnachtskekse erschaffen."

Sie lachte. "Viel besser als Babys", erwiderte sie kichernd und schwenkte die Rezeptseiten. "Die hier können nämlich gegessen werden."

"Mit Babys kann man das nicht machen", stimmte er ihr zu, während er den Kopf schüttelte. "Die Eltern könnten wütend werden."

Sie schlug spielerisch mit den Rezeptseiten nach ihm, und er lachte. "Außerdem backt man doch keine Babys", frotzelte sie in schelmischem Ton. "Man sie muss mit viel Soße langsam schmoren."

Er schnaubte, als sie den Scherz ad absurdum führte, und zwinkerte. "Ich glaube sowieso nicht, dass wir ein ausreichend großes Blech dafür hätten. Wir sollten uns lieber bei den Keksen bleiben."

"Wenn die Kekse kleben bleiben, hast du das falsche Blech benutzt", verkündete sie kichernd und gemeinsam spazierten sie in Richtung Küche.

Barruch war tatsächlich noch vor Ort, und gerade damit beschäftigt, die große Theke sauber zu wischen, die Dorcas gerne für ihre Zwecke benutzte, und hatte die Mehlsäcke daneben abgestellt, die sie ihm zuvor gebracht hatte. Als sie hereinkamen, sah er auf und lächelte.

"Ah, Chaegar hat dich schneller gefunden, als ich erwartet hatte. Es gibt neue Rezepte zu testen!"

Sie lächelte ihn an und freute sich über seine spontane Begeisterung. "Ja! Aber wir müssten sie heute Abend noch machen, damit wir sie rechtzeitig für den Weihnachtsmann hinlegen können."

"Wer ist denn bitte der Weihnachtsmann?" fragte Chaegar. "Und weshalb bekommt er die Kekse?"

Das schelmische Lächeln, das Dorcas auf ihrem Gesicht spürte, veranlasste die beiden Orvax Männer, sich gegenseitig verwundert anzuschauen. "Ich sollte euch wahrscheinlich die Geschichte dazu erzählen, bevor ich euch etwas über Geschichte hinter dem Glauben erkläre", sagte sie. "Und es gibt so viele Lieder, die ich euch beibringen kann!"

"Hat eines davon mit Keksen zu tun?" fragte Chaegar.

"Keines der traditionellen", sagte Dorcas. "Aber wenn wir den Keksteig schnell genug fertigbekommen, werde ich nachsehen, ob ich vielleicht noch irgendwo eine Kopie des einzigen Liedes, das ich über Weihnachtsplätzchen kenne, finden kann, um es euch beim Backen vorzuspielen."

"Na wenn das nicht die beste Ausrede ist, die ich je gehört habe, um Kekse schneller zu machen, dann ist es zumindest die originellste", meinte Barruch.

"Sag mir einfach, was ihr braucht, Dor, und ich werde es euch bringen. Barruch und du, ihr könnt anschließend die Details ausarbeiten", schlug Chaegar vor und sprach den Namen des Kochs mit einem Grinsen aus.

Sie kicherte und legte die Rezepte so hin, dass alle gemeinsam einen Blick darauf werfen konnten. Bei so viel Übung, wie die beiden in den letzten Wochen bei ihren Rezepttests bekommen hatten, konnten sie die Zutaten schnell zusammenstellen und notfalls Fehlendes austauschen. Die meisten Grundrezepte enthielten Abwandlungen von Zutaten, die ihr sowieso schon bekannt waren, und die einzigen Dinge, die wirklich geändert werden mussten, waren die jeweiligen Mengenangaben.

"Trockene Zutaten, feuchte Zutaten, Fett, Bindemittel, Süßstoff", erklärte sie den beiden Männern und zeigt auf verschiedene Dinge. "Ihr verwendet die gleiche Grundzutaten bereits in einigen eurer Soßen.

"Ja, aber was genau ist das für ein Rezept? Es ist nicht so süß wie eure normalen Kekse, glaube ich zumindest", sagte Barruch. "Es würde also eher zu herzhaften Speisen passen, nicht wahr?"

"Du hast Recht, das Grundrezept ist nicht besonders süß, aber es beinhaltet Maismehl, und manche Leute fügen diesem Teig später noch Zucker oder Honig hinzu, um ihn süßer zu machen", sagte sie. "Meine Familie hat das aber nie gemacht, deshalb würde es für mich seltsam schmecken. Wir haben eher nach dem Backen Honigbutter hinzugefügt, wenn wir es süßer haben wollten.

"Wie nennt es sich?" sagte Chaegar. "Mais irgendwas?"

"Maisbrot", erklärte sie mit einem Lächeln. "Ich erinnere mich noch sehr gut daran, wie mein Onkel Cole es für uns gebacken, wenn draußen frostig wurde. Meistens als Beilage zu einem deftigen Chili oder einem leckeren Schweinebraten, aber manchmal auch einfach auf Vorrat, damit wir später eine Füllung daraus machen konnten.

"Was habt ihr denn damit gefüllt?" fragte Barruch. "Es ist nicht wirklich substanziell genug, um irgendetwas zusammenzuhalten. Zumindest nicht nach diesem Rezept."

"Früher hat man es zusammen mit einem halben Dutzend anderer Zutaten in Truthähne gestopft. Truthähne sind eine Art Geflügel, so ähnlich wie Hühner, nur noch größer, und sie schmecken etwas anders. Heutzutage wird das Maisbrot eher als Beilage zubereitet, aber es wird häufig immer noch als Füllung bezeichnet.

"Euer Planet hat seltsame Namen für Dinge", meinte Chaegar. "Aber sie ergeben letztendlich irgendwie trotzdem einen Sinn, naja... meistens jedenfalls."

"Nicht auf dem ganzen Planeten, nur in unserer Sprache", berichtigte Dorcas ihn lächelnd. "Obwohl einige der anderen Sprachen auf der Erde sogar noch viel verworrener sein können, wenn man anfängt, sich intensiver mit ihnen zu beschäftigen."

"Wir haben damit begonnen, einige der anderen Sprachen eures Planeten in unsere Übersetzer aufzunehmen, richtig?" fragte Barruch.

"Damina hat darauf gedrängt, eine Liste der beliebtesten Sprachen in dem Teil des Planeten, mit dem wir es zu tun haben, um die Raumstation zu reparieren zusammenzustellen", meinte Chaegar. "Ich schätze mal, ein Haufen Leute sprechen auf eurem Planeten verschiedene Sprachen."

"Der größte Teil der Menschen auf der Erde muss Wege finden, um mit anderen Menschen zu kommunizieren, die eine fremde Sprache sprechen", sagte Dorcas. "Am einfachsten ist es daher, wenn man zumindest versucht einen Teil der Sprache der Menschen zu erlernen, mit denen man sich unterhalten will, Daminas Ansatz macht also durchaus Sinn. Das macht die Übersetzungen für euch aber wahrscheinlich noch schwieriger."

Chaegar zuckte mit den Schultern. "Vielleicht am Anfang, aber das bedeutet auch, dass ich nicht alles komplett lernen muss. Es werden nach und nach mobile Übersetzer programmiert und so eingerichtet, dass nicht nur die Leute, die die Sprache gelernt haben, die Möglichkeit erhalten, auf die Erdoberfläche zu gehen und sich dort verständigen zu können."

"Glaubst du, dass sie noch mehr Menschen an Bord bringen werden?" fragte Barruch.

Wieder zuckt Chaegar mit den Schultern. "Ich habe keine Befehle erhalten, Menschen davon abzuhalten, mit mir zurückzukommen, wenn ich Nachschub an Vorräten von der Erde hole, aber es gibt meist Wachen vor Ort, die die Menschen davon abhalten würden, das Shuttle zu besteigen. Ich glaube nicht, dass sie mehr von ihren eigenen Leuten an uns verlieren wollen als nötig.

Barruch atmete schwer. "War ja klar. Gerade als ich anfangen habe, herauszufinden, was die Menschen gerne essen, schicken sie mir keine mehr hoch, um mein Essen auszuprobieren."

Kapitel 7

TRINA

Trina hatte die frischgebackene Mutter umarmt, das neue Baby auf die Stirn geküsst und danach Erschöpfung vorgeschoben, um in ihr Quartier zurückkehren zu können. Sie hatte vergessen oder vielleicht nie wirklich realisiert, wie viele Emotionen ein Mensch empfinden kann, wenn er sich im selben Raum wie eine gebärende Frau befindet.

Es gab so viele Dinge, die bei der Geburt hätten, schief gehen können, so vieles, das sie überrascht hatte, wie beispielsweise die Tatsache das Mintonar Molly berührte und ihre Schmerzen dadurch auf eine Weise linderte, wie es die besten Medikamente auf der Erde nicht vermocht hätten. Wie viele Dinge würden sie noch darüber lernen, wie sie als menschliche Spezies mit den Orvax interagierten?

Allein die schiere Unendlichkeit an Möglichkeiten überforderte sie und machte sie müde und sie wollte heute einfach nicht weiter darüber nachdenken.

Es war schließlich Heiligabend und sie war auf einem Raumschiff. Trina war glücklich darüber, auf der <*Forward Hope*> sein. Sie konnte sich damit nicht nur einen Traum erfüllen, den sie nie für möglich gehalten hatte, sondern zugleich auch die Fähigkeiten, die sie sich ein Leben lang angeeignet hatte, nutzen, um anderen zu helfen.

Fast abwesend rieb sie sich ihre Handrücken. Unter dem Einfluss der Bio Nanos schmerzten sie zwar weitaus weniger, aber selbst die beste außerirdische Technologie konnte scheinbar die Auswirkungen des Alterns und der ständigen Handhabung kleiner Nadeln auf widerspenstigen Stoffen nicht rückgängig machen. Es war zwar lange nicht mehr so schlimm wie auf der Erde, aber es erfüllte sie immer noch mit einem Gefühl der Enttäuschung, dass sie den Schmerz auch mit außerirdischer Technologie nicht komplett loswerden konnte.

Es mochte die späte Stunde an einem Feiertag sein, aber sie spürte gerade jede Minute ihrer fünfundfünfzig Jahre, und es fiel ihr auf, wie viele dieser Minuten sie komplett allein verbracht hatte. Ihre Tochter war seit fast einem Jahrzehnt ausgezogen und hatte die meiste Zeit davor bei ihrem Vater gelebt. So gut sie sich auch mit ihrem Ex-Mann verstanden hatte, ein großer Teil des Grundes, warum er ihr Ex war, hatte damit zu tun, wie einsam sie sich gefühlt hatte, selbst als sie noch zusammen mit ihm unter einem Dach gelebt hatte.

An den meisten Tagen genoss sie ihren Freiraum und spürte den Stachel der Einsamkeit nicht ganz so stark wie an diesem speziellen Abend. Das Videotelefonat mit ihrer Tochter und ihrer Enkelin am nächsten Morgen würde ihr sicher dabei helfen, sich wieder besser zu fühlen. Sie musste einfach nur die Nacht überstehen.

Eigentlich hatte sie vorgehabt, zurück in ihre Werkstatt zu gehen, aber dann war sie instinktiv doch in Richtung Aufenthaltsraum abgebogen. Kaelin hatte erwähnt, dass sie einen Weihnachtsbaum aufstellen wollte, und auch wenn sie persönlich in den letzten Jahren darauf verzichtet hatte sich eine Tanne in die Wohnung zu holen, war Trina neugierig darauf, die geschmackvolle Dekoration zu sehen, die Kaelins Mutter Margaret von der Erde geschickt hatte.

Die gold- und cremefarbenen Baumkugeln überraschten sie nicht, ebenso wenig wie die blaugrünen und grauen Schneeflocken, aber mit den Rentieren, Lebkuchenmännern mit kleinen Hörnern und den Ballerinen mit lavendelfarbigen Haaren hatte sie definitiv nicht gerechnet. Trina war sehr froh, dass Margaret auf ihrer Seite war und sich dafür einsetzte, dass ihre Tochter mit ihrem ungewöhnlichen Partner glücklich wurde. Ihre Liebe zum Detail war jedoch ein klein wenig beängstigend.

Bei der Girlande über dem Bildschirm setzte sich das Farbschema fort, und Trinas Blick fiel schließlich auf einen Mistelzweig, der direkt über Eingang gehängt worden war. Es war der perfekte Platz dafür und ein idealer Ort für Werbefotos von glücklichen Mensch-Or-vax-Paaren. Die Chancen standen jedoch gut, dass die Orvax gar nicht wussten, was der Mistelzweig für die Menschen an Bord bedeutete, abgesehen davon natürlich, dass er ein Teil der Dekoration war.

"Konntest du nicht schlafen?", sagte eine tiefe Stimme hinter ihr.

Sie musste sich beherrschen, um bei diesem spezifischen Klang nicht zu erschauern, und drehte sich um, um den Mann anzuschnau-zen, der diese Frage ausgesprochen hatte. Die Worte blieben ihr bei seinem Anblick jedoch im Halse stecken.

Maikedon, Kapitän Cretus, trug ausnahmsweise mal nicht seine Kapitänsuniform.

Stattdessen war er in eine bequeme Freizeithose gekleidet, die her-vorhob, wie fit er immer noch war, dazu trug er ein weißes Hemd, das am Hals offenstand und an den Unterarmen hochgekrempelt war. So entspannt hatte sie ihn noch nie gesehen. Sie hatte eher manchmal den Verdacht gehegt, dass er in seiner Uniform schlief.

"Ich wollte noch nicht ins Bett gehen", antwortete sie ihm, und ihr Mund fühlte sich plötzlich ganz trocken an. "Woher wusstest du, dass ich hier sein würde?"

Er schüttelte den Kopf. "Ich hatte keine Ahnung. Ich habe ger-ade in der Krankenstation vorbeigeschaut, um mein Geburtsgeschenk abzugeben, und man sagte mir, du seiest gerade zu Bett gegangen. Ich hatte mitbekommen, wie die Kisten mit den Dekorationen vorhin ausgeladen wurden, und dachte mir, ich schaue mal vorbei und sehe mir an, wie es jetzt aussieht."

"Ah", sagte Trina. Sie drehte sich um, schaute auf den Baum und nickte. "Kaelins Mutter hat einen guten Geschmack, und Kaelin hat ihn wunderbar platziert und geschmückt. Ich weiß, dass sich viele Persönlichkeiten des öffentlichen Lebens auf der Erde beim Aufstellen ihres Weihnachtsbaums fotografieren lassen, aber die meisten von ihnen haben ein professionelles Design-Team, das alles für sie aufbaut, außer natürlich die Dinge für den Fototermin."

"Hat eigentlich jemand Fotos davon gemacht, wie sie den Baum geschmückt hat?", fragte er und stellte sich direkt neben sie.

Trina zuckte mit den Schultern. "Ich weiß es nicht. Jemand hätte es vermutlich tun sollen, aber wir waren alle ein bisschen zu sehr mit der Geburt beschäftigt."

"Hat sie das ganz allein gemacht?"

"Ja, soweit ich weiß, schon", vermutete Trina. "Obwohl ich vermute, dass sie Hilfe beim Aufbau des Stubenwagens hatte. Das ist eine Sache, für die man mindestens zwei Personen braucht, um alles so korrekt hinzubekommen. Und sie würde sicherlich wollen, dass es für das Fotoshooting korrekt aussieht, auch wenn es keine echten Werbefotos sein werden."

"Brinker hätte ihr doch bestimmt dabei helfen können", meinte Maikedon.

"Stattdessen war er in der Werkstatt und viel zu sehr damit beschäftigt, mich damit zu nerven, dass ich mehr essen soll", beklagte sich Trina. "Du müsstest dich daran erinnern, du hast ihn schließlich dabei unterstützt."

"Ich wollte dich nicht nerven", beteuerte Maikedon nach einem kurzen Moment. "Du kümmerst dich nur so selten um dich selbst, dass ich annahm, du bräuchtest vielleicht die Erinnerung, dass auch du wichtig bist. Nicht nur die Dinge, die du herstellst, sondern auch du selbst als Person bist wichtig für das Schiff und die ganze Mission."

Trina schnaubte, und er wandte sich ihr zu.

" Glaubst du mir wirklich nicht?", fragte er.

"Es ist nicht so, dass ich dir nicht glaube", antwortete sie und rieb sich den Handrücken. Er hatte angefangen weh zu tun, während sie dort standen, und der Schmerz hielt sie davon ab, sich intensiver mit seiner Frage zu beschäftigen, als sie es verdiente. "Ich weiß nur nicht, wie viel ich tatsächlich zur Mission beitragen kann, abgesehen davon, dass ich hübsche Dinge für den Handel herstelle."

"Was ist mit deiner Hand los?", fragte er.

"Abnutzungserscheinungen durch lebenslange Belastung", erwiderte sie mit einem schiefen Lächeln und fuhr fort, ihre Hand zu reiben. "Es schmerzt meist nur, wenn ich müde bin."

"Das tust du aber oft", wandte Kapitän Cretus ein und nahm ihre Hand. Seine Finger fuhren sanft über ihre Knöchel und drückten leicht auf die Stellen, an denen sie sich eben noch gerieben hatte.

"Ich scheine oft müde zu sein", sagte sie. "Eine Folge des Älterwerdens, vermute ich mal."

Trina musste gegen das Erzittern ankämpfen, das sich in ihrem Körper auszubreiten drohte. Das passierte jedes Mal, wenn er sie berührte, und sie war sich nicht sicher, wie sie mit dieser Tatsache umgehen sollte. In keiner ihrer beiden Ehen war sie darauf vorbereitet worden, mit dieser Fülle von Emotionen bombardiert zu werden, die er ihr mit einer einzigen Berührung zuteilwerden ließ.

"Du bist nicht alt", widersprach Maikedon. "Du bist gerade mal in der Mitte deines Lebens angelangt. Eigentlich sollte ich mich schämen, dass ich versuche, mit jemandem anzubandeln, der so viel jünger ist als ich. Ich kann nur hoffen, dass du eines Tages Mitleid mit diesem alten Narren haben wirst."

"Du bist doch nicht alt", behauptete sie, fest entschlossen, ihre Stimme nicht erzittern zu lassen. "Du kannst unmöglich älter sein als ich. Du hast ja kaum ein graues Haar."

Er legte eine Hand auf ihr Haar und ließ eine Strähne durch seine Finger gleiten. "Willst du mir damit sagen, dass diese schöne Silberfarbe eine Folge des Alters ist?"

"Ja", fuhr sie ihn an. "Und ich habe mir jedes einzelne davon verdient."

"Gibt es noch etwas anderes, das das Silber in deinem Haar verursacht haben könnte?", fragte er und streichelte es weiter, während seine andere Hand ihren Rücken liebkoste. "Denn ich weigere mich zu glauben, dass es nur am Alter liegt."

"Genetik", antwortete sie. "Und Stress."

"Dann hat deine Familie seit Generationen schönes silbernes Haar und du hast schon viel durchgemacht", erklärte er. "Du hast mir bereits einiges davon erzählt. Bedauerst du irgendetwas davon besonders?"

Sie seufzte. "Das meiste nicht wirklich", sagte sie. "Ich habe getan, was zu dieser Zeit getan werden musste. Das meiste davon hätte ich mir zwar nicht ausgesucht, aber ich habe es überlebt und kann die gewonnene Weisheit und die grauen Haare dafür vorweisen."

Ihr Selbsterhaltungstrieb warnte sie, sie solle lieber ihre Hand zurückziehen, sich von dem entfernen, was er repräsentierte, aber sie sehnte sich so sehr nach seiner Nähe. Zwei Ex-Ehemänner, beide beim Militär, hätten sie eigentlich ausreichend darauf vorbereiten sollen, wie es sein würde, mit jemandem wie ihm zusammen zu sein. Und wie es wahrscheinlich enden würde.

Sie waren zwar in einer Friedensmission hier oben, aber das bedeutete nicht automatisch, dass alles friedlich bleiben würde. Sie hatte ihren ersten Mann durch einen Überfall in Friedenszeiten verloren. Ihr zweiter Mann war durch seine Kriegseinsätze so traumatisiert gewesen und so damit beschäftigt seine eigenen Dämonen zu bekämpfen, dass er nicht als Partner für sie da sein konnte. Nach der Scheidung hatte er endlich eingesehen, dass er professionelle Hilfe brauchte, und hatte sie schließlich auch in Anspruch genommen.

Welche Narben Maikedon auch immer hatte, sie war mit Sicherheit nicht die richtige Person, um sie zu heilen.

Ein Teil von ihr wollte sie dennoch zu Gesicht bekommen. Wollte, dass er die ihren sah. Wollte verzweifelt, dass er ihre Hand noch weiter berührte.

"Deine Weisheit und dein silbernes Haar verleihen dir Kraft", erklärte er sanft. "Und eine Schönheit, die von keiner jüngeren Frau jemals erreicht werden kann."

Trina erbebte und schloss ihre Augen.

"Danke", sagte sie. " Du musst so etwas nicht zu mir sagen. Aber ich weiß deine Worte wirklich zu schätzen, also werde ich dich nicht davon abhalten."

"Ich bin kein sentimentaler Typ", sagte er ihr. "Häufig reagiere ich eher zu harsch. Ich bin schwer zu zufriedenzustellen und es ist nicht einfach mit mir zu leben, denn ich bin stur und ein Gewohnheitstier."

"Das trifft alles auch auf mich zu", erwiderte sie lachend. "Du kannst meine Tochter und meinen Ex-Mann fragen."

"Das werde ich tun", versprach er ihr mit einem Nicken. "Wenn auch nur, um den Mann zu treffen, der dumm genug war, dich gehen zu lassen. Und um ihm dafür zu danken, dass er dir dadurch die Möglichkeit eröffnet hat, dich mit mir zu verbinden, falls du irgend-

wann beschließen solltest, mich zu einem sehr glücklichen Orvax-
mann zu machen.”

Ein raues Lachen brach aus ihr heraus, bevor sie es unterdrück-
en konnte, und sie biss die Zähne zusammen, um einen weiteren
Lachanfall zu verhindern. “Ich weiß immer noch nicht, weshalb du
darauf bestehst, dass dies eine gute Idee wäre. Ich bin so weit über
mein fruchtbares Zeitfenster hinaus, ich glaube, einige meiner dafür
zuständigen Organe haben bereits angefangen, Staub anzusetzen.”

“Und ich habe dir wiederholt erklärt, dass dies für mich keine Rolle
spielt”, erwiderte er mit sanfter Stimme.

Sie schenkte ihm ein schiefes Lächeln. “Das sollte es aber. Dein Volk
braucht schließlich Babys und ich kann sie dir nicht mehr schenken.”

“Mein Volk, ja”, stimmte er zu. “Aber ich bin zu alt, um ein
Kleinkind aufzuziehen. Ich wünsche mir von meiner Gefährtin mehr
als ein hübsches Gesicht und einen fruchtbaren Schoß, ich bin in
einem Alter und in einer Position, in der ich mich eher nach meinen
Vorlieben richten kann als nur nach den Bedürfnissen meines Volkes.”

“Das könntest du tun, ja”, sagte sie. “Aber wir beide wissen, dass du,
wenn dein Volk dich darum bittet, deine Meinung ändern würdest,
um deine Pflicht zu erfüllen. Und ich würde es dir nicht verübeln,
auch wenn es mir das Herz brechen würde. Deshalb kann ich es auch
nicht riskieren, eine Beziehung mit dir einzugehen, denn ich vermute,
dass diese Bitte eher früher als später kommen wird.”

“Trina”, begann er.

Sie zog ihre Hand sanft, aber bestimmt aus seinem Griff. “Nein”,
erklärte sie mit fester Stimme. “Meine Antwort ist immer noch
dieselbe. Ich schätze dich und alles, was du für mich getan hast. Ich
danke dir, dass ich auf deinem Schiff bleiben darf. Aber ich kann nicht
die Verbindung eingehen, die du dir von mir wünschst.”

Er ließ sie los, und sie verließ den Aufenthaltsraum, wobei ihre Schritte nur einen kurzen Moment vor dem Mistelzweig innehielten. Sie machte einen großen Bogen darum und hoffte, dass die scharfen Augen des Kapitäns ihren kleinen Umweg nicht bemerkt hatten. Irgendetwas sagte ihr, dass er jeden ihrer Schritte aufmerksam beobachtete und jemand anderen nach den Gründen für ihr ungewöhnliches Verhalten fragen würde.

Sie wollte jedoch für den Rest der Nacht nicht mehr daran denken, genauso wenig wie an die Tatsache, dass ihre Hände aufgehört hatten weh zu tun. Der Rest ihres Körpers schmerzte aus einem ganz anderen Grund, aber der Schmerz in ihren Händen hatte fast genauso schnell aufgehört, wie der Rest von ihr vor Verlangen zu beben begann.

Kapitel 8

MINDY

Trotz der langen Nacht war Mindy in aller Herrgottsfrühe aufgestanden, um den Weihnachtsanruf ihrer Familie entgegenzunehmen. Sie hatte ihnen Geschenke und Geld geschickt, damit jeder Einzelne etwas zum Auspacken unter dem Baum vorfand, und hatte einen Stapel von Geschenken von ihrer Sippe, die sie noch auspacken wollte neben sich liegen. Sie hatten Mindy gebeten, mit dem Auspacken noch zu warten, bis sie bei dem Anruf live dabei sein konnten.

Mehrere bequeme Hausschuhe und ein Bademantel gesellten sich zu ihrer langsam wachsenden Garderobe, während ihre Cousinen und Cousins sich über den feinen Schmuck und die ausgefallenen Messer zu freuen schienen, die sie ihnen geschickt hatte. Es war zwar alles wirklich schön und funktionell, aber sie hatte das Gefühl, dass das meiste davon für schlechte Zeiten beiseitegelegt werden würde, da all die Dinge von dem Raumschiff stammten. Alle Geschenke, die sie bekommen hatte, würden in die Rotation an Bord der <Forward Hope>aufgenommen werden, vor allem der Morgenmantel, denn sie hatte sich schon lange einen solchen gewünscht.

Es gab auch Geschenke für Alvola, was ihn zu überraschen schien. Ihre Familie war zwar prinzipiell eher verschlossen, hatte aber die

Angewohnheit, Ehepartner zu adoptieren, als wären sie blutsver-
wandt. Als sie eine Schachtel für sie beide öffnete, liefen ihr die Tränen
über das Gesicht.

Die Bettdecke, unter der sie bei ihrer Großmutter geschlafen hatten, war sorgfältig gereinigt und gefaltet worden. Dazwischen lag ein
aus uraltem feinem weißem Leintuch gewebtes Gewand, das jedes
Kind ihrer Familie mindestens einmal getragen hatten und das anschließend mit größter Sorgfalt aufgebügelt und für die nächste Generation aufbewahrt worden waren. Der Stoff dafür war zuvor auf
dem Schiffsweg von einem Kontinent zum anderen transportiert und
danach liebevoll aufgearbeitet worden.

"Omi, wie konntest du nur davon wissen?", fragte Mindy über-
rasch und hielt das Taufkleid und die passende Mütze dazu in die
Kamera. Die winzigen Söckchen, die ebenfalls dazu gehörten, waren
sorgfältig mit Sicherheitsnadeln daran befestigt, ein cleverer Kniff, der
nötig war, um die Fasern in dem Gewebe nicht zu zerstören.

"Habe ich nicht", beteuerte ihre Großmutter. " Du warst in letzter
Zeit manchmal etwas weinerlich, Mindy-Mädchen, deshalb hatte ich
wohl eine leise Vorahnung. Und ich dachte mir, wenn es noch nicht
passiert ist, wird es vermutlich bald so weit sein, und die Bettdecke
könnte dabei helfen."

"Danke", sagte Mindy gerührt. "Wirklich, ich ... wir können euch
nicht genug für all dies danken. Ich weiß nur nicht, ob wir hier oben
eine Taufe abhalten können..."

"Es wird sich schon irgendetwas einrichten lassen", sagte ihre Oma.
" Notfalls können wir den Segen auch per Videoanruf erteilen, wenn
es gar nicht anders geht, aber du bist mit Sicherheit die nächste Person
in der Familie, die das Gewand brauchen kann, also behalte es erstmal
bei dir, bis die Zeit reif ist, es weiterzugeben."

"In Ordnung, so machen wir es ", versprach Mindy.

"Da ist noch ein Geschenk", rief Alvola und hielt eine kleine Schachtel hoch. "Es ist aber zu klein, als dass darin eine weitere Decke versteckt sein könnte."

"Das ist von mir", meinte Jeb. "Du solltest es als Nächstes öffnen."

Alvola nickte in Richtung Bildschirm und Jeb schaute ernst drein. Mindys Mann entfernte die weihnachtliche Verpackung der Schachtel und öffnete sie vorsichtig. Darin befanden sich vier Ringe. Zwei davon waren aus einem weiß metallisch glänzenden Material gefertigt, das sie alles andere als schlicht wirken ließ. Sie waren mit miteinander verbundenen Symbolen graviert und passten zueinander. Die anderen beiden passten ebenfalls zusammen, waren aber aus einem flexiblen, dunkelgrauen Material gefertigt.

"Sind das etwa Eheringe?" fragte Mindy.

"Ja, ein Titan-Set und ein Gummi-Set. Ich weiß, dass ihr beide mit Geräten arbeitet, die an denen ihr euch verletzen könntet, wenn sie sich an einem normalen Ehering verfangen, deshalb sind die Gummiringe so konstruiert, dass sie notfalls brechen und keine Energie leiten, so dass sie unproblematisch auch bei der Arbeit getragen werden können."

Mindy lächelte ergriffen in die Kamera und spürte, wie sich eine weitere Träne in ihrem Augenwinkel sammelte. Es war Jeb nie recht gewesen, dass sie keine Ringe trugen, obwohl sie beide die Zeichen von Alvolas Stamm auf ihrer Haut trugen. Und nun, da sie ein Kind erwarteten, gab es keine bessere Methode, um allen auf dem Schiff zu zeigen, dass sie den Bund fürs Leben geschlossen hatten. Trotzdem würde es sicher nicht schaden, die Ringe zusätzlich zu tragen.

Sie reichte Alvola ihre Hand und er zog den kleineren der beiden Titanringe heraus. Er nahm ihre Hand, steckte ihn auf ihren Ringfinger und beugte sich vor, um seine Frau innig zu küssen, sobald der Ring an seinen rechtmäßigen Platz gerutscht war. Sie wiederholte den Vorgang bei ihrem geliebten Mann mit einem weiteren Kuss und lachte, als ihre Familie auf der anderen Seite des Telefons laut aufjubelte.

"Du wolltest nur den Austausch der Ringe sehen", warf sie ihrem Onkel vor.

"Unsinn", schoss Jeb grinsend zurück. "Ich würde niemals die List meines alten Herrn bei euch anwenden, nur um dich dazu zu bringen, dass ich die Hochzeit meiner Lieblingsnichte miterleben darf."

Es war ein Aufschrei des Protests hinter ihm zu hören und Jeb lachte. "Na gut, meiner Lieblingsnichte, die mit einem Außerirdischen verheiratet ist und die jetzt gerade auf einem Raumschiff arbeitet."

Alvola zog eine Augenbraue hoch, und sie zwinkerte ihm zu. Ihr war ebenfalls aufgefallen, wie zurückhaltend Jeb mit ihrer Job-Beschreibung umgegangen war. Ihre Cousine Bets hatte seit ihrer Abreise versucht, einen Mitfluggelegenheit zum Raumschiff ergattern, um "zu helfen", aber bei allen folgenden offiziellen Landungen waren die Sicherheitsvorkehrungen auf der Erde zu groß gewesen, um sie hinauf zu schmuggeln. Es gab zwar noch ein paar andere Shuttles im Frachtraum, aber die waren hauptsächlich für Erkundungsmissionen geeignet, Sonden mit Platz für ein oder zwei Piloten, und daher nicht wirklich für eine weitere Mission auf dem Planeten geeignet.

Dies könnte sich in Zukunft jedoch möglicherweise ändern, insbesondere wenn die Behörden auf der Erde beschließen sollten, ihre Mission noch länger zu verzögern, als sie es bereits getan hatten.

"Jetzt gerade, ja?", fragte sie.

"Hey, man weiß ja nie, vielleicht kommt einer deiner vielen Cousinen auf die Idee, mitzufahren, wenn das nächste Mal jemand herunterkommt, um Hochzeitsbedarf abzuholen. Was, soweit ich weiß, nicht vor Januar sein wird?"

"Stopp, keine Gespräche über geschäftliche Themen an einem Feiertag", forderte ihre Oma. "Das kann alles auch bis zum morgigen Tag warten. Der ist bei uns hier zwar schon fast da, aber ich weiß, dass Mindy fast noch einen kompletten Tag vor sich hat. Du schickst uns doch die besten Bilder, von denen, die nicht veröffentlicht werden, nicht wahr, Mindy-Mädchen?"

„Natürlich" versprach Mindy. "Ich hatte sowieso vor, noch ein paar ganz persönliche Fotos zu schießen. Wir haben auch ein Familienporträt geplant, vor dem Weihnachtsbaum, so wie wir es immer zu Hause gemacht haben, als ich noch klein war."

"Auch mit den anderen Leuten auf dem Schiff?", fragte ihre Großmutter eindringlich.

Mindys Grinsen wurde immer breiter. Ihre Orvax-Freunde waren ohne Weiteres in die Familie aufgenommen worden. Im Moment zumindest war die Welt noch in Ordnung. "Na gut, Omi, hast du irgendwelche speziellen Wünsche?"

"Du tust, was immer du für richtig hältst", erklärte die ältere Dame zwinkernd zu ihr. "Aber vergiss bitte nicht Michael, Chaegar und Damina von uns zu grüßen und richte ihnen aus, dass ich auch etwas für sie hochgeschickt habe."

"Ich werde ihnen Bescheid sagen", beteuerte Mindy. "Frohe Weihnachten Omi, ich liebe dich."

"Ich liebe dich auch, Mindy", rief Jeb. "Frohe Weihnachten."

Hinter ihm ertönte ein Chor von "Weihnachtswünschen" und Mindy kicherte, bevor der Bildschirm dunkel wurde.

"Wie viel von der letzten Lieferung waren eigentlich Weihnachtsgeschenke?", fragte sie Alvola.

Der nahm ihr Gesicht zwischen seine Hände und küsste sie, bis sie atemlos war. Das dauerte ihm jedoch nicht lange genug, also küsste er sie weiter, bis sie sich an ihm rieb und vor Verlangen erzitterte.

"Frohe Weihnachten, Ehefrau", murmelte er an ihren Lippen. Sie stöhnte auf und schlang ihre Arme um seinen Hals.

Er hob sie in seine Arme und trug sie zum Bett. Als er sie darauf ablegte, öffnete er das Tuch, das sie um ihren nackten Körper gewickelt hatte, um mit ihrer Familie zu telefonieren. Es war kein richtiges Kleid und bedeckte weitaus weniger als der Morgenmantel, den sie als Geschenk erhalten hatte. Während des gesamten Telefonats hatte sie ihrem Mann mit ihren langen nackten Beine Hunger auf mehr gemacht, während ihre obere Körperhälfte für die Kamera recht sittsam wirkte.

"Frohe Weihnachten, mein Ehemann", erwiderte sie und streckte sich, um ihm einen guten Blick auf ihren Körper zu gewähren.

Er ließ seine Hand über ihren Bauch gleiten, immer noch voller Ehrfurcht vor der Verwandlung, die sich im Laufe der nächsten Monate vollziehen würde. Im Moment war er noch ganz weich und sanft gerundet, fast noch komplett flach, und ihre Muskeln spannten sich dort an, wo seine Berührung sie kitzelte. Mit einem zärtlichen Kuss begann er seine Liebkosung ihres Körpers an ihrem Bauch und arbeitete sich anschließend immer weiter nach unten vor.

Mindys Hände umklammerten seine Hörner, als er eine der Stellen fand, die besonders erogen waren. Ihr Griff wurde verkrampfte sich, als er begann, mit seiner Zunge das Zentrum ihrer Lust zu bearbeiten. Er fügte dann auch noch seine Finger hinzu und brachte sie damit schnell zum Gipfel der Lust, nur um ihr Vergnügen anschließend sofort erneut anzufachen.

Als sie viel später ihr Quartier verließen, um sich zu den anderen zu gesellen, strahlten sie beide vor Zufriedenheit. Alvola versuchte, nicht allzu selbstgefällig zu wirken, weil er seine Mindy so gründlich mit seinen Liebkosungen verwöhnt hatte, aber es war vergebliche Liebesmüh.

Kaelin und Serogero befanden sich bereits im Aufenthaltsraum, und das wohl auch schon eine ganze Weile, wenn man sich den Stapel von Geschenken und die vollen Kekstabletts anschaute. Alles war immer wieder neu arrangiert worden, während Kaelin Fotos schoss und die beiden sich anschließend gemeinsam neben den Baum stellten, um Bilder nur von ihnen als Paar machen zu lassen.

Da sie keinen richtigen Fotografen mit auf das Schiff nehmen konnten, hatten sie eine Kamera mit einem Auslöser gebaut, der mit einem Tippen von Kaelins Finger oder notfalls auch einem Zeh betätigt werden konnte. Kaelin konnte zudem auf einem Display neben der eigentlichen Kamera sehen, wie das jeweilige Bild aussehen würde, so dass sie nicht allzu oft korrigieren musste, um die richtige Pose zu finden. Versehentliche Auslöser waren zwar unvermeidlich, und einige der Schnappschüsse, die ihre Frustration bei der Einrichtung des Systems zeigte, waren urkomisch, obwohl Mindy das Kaelin nie sagen würde.

Die beiden Frauen hatten sich erst auf dem Shuttle durch ihre gemeinsame Freundin Molly kennengelernt, und so sehr Mindy Kaelin auch mochte, so hatte sich doch noch nicht die einfache Kameradschaft eingestellt, die sie mit einigen der anderen Frauen teilte.

"Du siehst aus, als hättest du viel zu tun gehabt", kommentierte Mindy mit einem Nicken in Richtung der Kekse und der Dekorationen.

"Oh, die Kekse waren nicht mein Werk- Gott sei Dank", erwiderte Kaelin mit einem Lächeln. "Aber ich habe sie in den Fotos eingefangen. Sie sind optisch gerade anders genug, um den Schauplatz für Menschen etwas fremd wirken zu lassen, und doch sind sie den Leuten als Weihnachtsplätzchen vertraut. Außerdem sind sie auch verdammt lecker."

"Wirklich?" fragte Mindy. "Kann ich eins davon probieren? Bist du mit dem Fotografieren fertig?"

"Darf ich ein Foto davon machen, wie du es isst?" fragte Kaelin. "Ich will dich wirklich nicht zu unserem Fotoshooting zwingen, aber du bist schon mal passend dafür angezogen, also wäre es vielleicht okay?"

Mindy lächelte sie an. "Meine Großmutter hat mich auch schon nach Weihnachtsfotos gefragt. Ich wollte dich schon fragen, ob es dir etwas ausmachen würde, auch ein paar Fotos für sie zu knipsen."

"Natürlich macht es mir nichts aus!" rief Kaelin aus. "Ehrlich gesagt, habe ich es satt, als Modell für Werbeaufnahmen zu posieren. Ich würde lieber Fotos von euch allen machen, wie ihr das Weihnachtsfest genießt."

"Dann kannst du ja gleich ein Foto von mir machen, wie ich dieses leckere Plätzchen genieße", schlug Mindy vor. Sie hielt ihn lange genug hoch, damit Kaelin die Kamera auf sie richten konnte, und nahm dann einen Bissen.

Er schmeckte anders als alle anderen Kekse, die sie bisher in ihrem Leben gegessen hatte: er war süß, ein wenig krümelig, mit einem leicht nussigen Geschmack, den sie nicht genau zuordnen konnte. Es wirkte ähnlich, aber irgendwie auch gleichzeitig ganz anders als Mürbegebäck. Die Glasur war eine farbige Frischkäseglasur mit einem Hauch von Frucht.

"Wer hat die gebacken?" fragte Mindy. "Und wie wurde die Glasur gemacht? Das schmeckt unglaublich!"

"Ich weiß es nicht", gab Kaelin zu. "Es passt aber sehr gut zu den Keksen, oder? Ich muss wirklich herausfinden, wie sie das hingekriegt hat."

"Wer hat die Kekse gebacken?" fragte Mindy erneut und griff nach einem weiteren Gebäckstück.

"Ich glaube, es war Dorcas", antwortete Kaelin. "Es sei denn, Bur-rock war hat sie gezaubert."

"Barruch", korrigierte Prinz Serogero sanft.

Kaelin seufzte schwer. "Ich spreche es immer noch falsch aus. Irgendwann werde ich das richtig hinbekommen."

"Ich weiß, dass du das tun wirst, mein Herz", beschwichtigte Serogero seine Liebste mit einem sanften Kuss auf die Wange. "Ich habe volles Vertrauen, dass du beim nächsten Mal seinen Namen richtig aussprechen wirst. Das hat er auch."

Mindy versteckte ihr Lächeln hinter einem weiteren Keks und trat sich dann sicherheitshalber einen Schritt zurück. Sie waren wirklich lecker und sie hatte Bedenken, dass sie alle einfach aufessen würde, wenn sie nicht auf der Stelle damit aufhörte.

"Isst du etwa all meine Kekse auf?" fragte Molly. Mintonar schob ihren gleitenden Sessel den Aufenthaltsraum, während die frischgebackene Mutter das Baby im Arm hielt. "Mir wurden Kekse versprochen!"

"Wer zu spät kommt, den bestraft das Leben, Mama", antwortete Mindy unbekümmert. Kaelin lachte und hielt Molly den Teller hin.

"Geht es dir denn schon gut genug, um unterwegs zu sein?", fragte sie, während Molly sich einen rot-weiß gestreiften Keks aussuchte.

"Euch ist bestimmt schon aufgefallen, dass ich noch nicht wieder ganz auf der Höhe bin", erwiderte Molly mit einem reumütigen Lachen. "Aber ich habe meinen Arzt mitgebracht, also bin ich zuversichtlich, dass ich auch hier gut versorgt werde."

"Sie könnte wahrscheinlich sogar schon herumlaufen, wenn sie darauf beharren würde", sagte Mintonar. "Mir wäre es aber wirklich lieber, wenn sie es noch eine Weile ruhig angehen und ihren Körper heilen lassen würde. Die Geburt ist zwar besser gelaufen, als wir je zu hoffen wagten, aber es gibt schließlich keinen Grund, das Schicksal herauszufordern.

"Hast du etwa ein neues Wort gelernt?" fragte Mindy mit einem Augenzwinkern. "Deine Frau färbt auf dich ab."

"Ja", antwortete Mintonar mit einem liebevollen Lächeln. "Ich könnte mir keine bessere Gefährtin wünschen."

Kapitel 9

DAMINA

"Das ist eine menschliche Tradition", protestierte Damina. "Ich will mich nicht aufdrängen."

Kapitän Michael LaGrange lächelte die Alienfrau, die mit ihm fast auf Augenhöhe war, sanft an. Klug und frech wie immer, wenn sie in ihrem Element war, hatte sie zunächst auf den Vorschlag, ihn auf die Weihnachtsfeier zu begleiten, mit Begeisterung reagiert. Jetzt, wo sie nur noch ein paar Schritte von der Lounge entfernt waren, weigerte sie sich, weiterzugehen.

"Der Rest der Crew wird auch dort sein", erinnerte er sie. "Das ist eine Familientradition. Sie würden dich nie davon ausschließen."

"Aber wir sind noch keine Familie", widersprach sie ihm. "Und ich habe auch nichts zum Verschenken mitgebracht. Ich wusste nicht einmal, dass es Geschenke geben würde."

"Ich hätte dir Bescheid sagen sollen", gab er zu. "Aber niemand würde erwarten, dass du ein Geschenk mitbringst. In einer solchen Situation kann man von Leuten, die mit dieser Tradition nicht vertraut sind, nicht erwarten, dass sie wissen, dass sie etwas mitbringen sollen. Außerdem kannst du dich ja als Babysitter anbieten."

"Babysitter?" Damina schaute entsetzt drein. "Warum sollte ich anbieten, auf einem Baby zu sitzen?"

"Mit dem Baby", verbesserte er sie lachend. "Du setzt dich zu dem Baby, damit Molly und Mintonar etwas zur Ruhe kommen können."

"Und wie soll ich das machen?", fragte sie. "Ich würde das natürlich liebend gerne tun, aber wie soll ich ihr ein Angebot dieser Art überbringen?"

„Damit" erklärte er und reichte ihr einen Briefumschlag mit Mollys Namen darauf.

Sie blickte verwirrt zu ihm auf, und er lächelte.

"Eine weitere irdische Tradition. Sie hat unterschiedliche Namen, je nachdem, wer sie anbietet, aber Menschen, die beispielsweise keine Geschenke machen können, weil sie Geld kosten, geben oft solche Schriftstücke weiter, die stattdessen Zeit in der Zukunft versprechen. In diesem Umschlag befindet sich ein Gutschein für einen kostenlosen Babysitter-Abend. Wenn es an der Zeit ist, die Geschenke zu öffnen, wird Molly ihn öffnen und sich sehr darüber freuen, dass du an sie gedacht hast."

"Aber ich habe nicht an sie gedacht", widersprach Damina. "Nun, nein..., ich meinte, ich möchte ja gerne hilfsbereit sein und ich kann vielleicht nicht anders, als sie ein klitzekleines bisschen um das zu beneiden, was sie mit Mintonar hat, aber diese Gabe habe ich mir nicht selbst für sie ausgedacht."

Er holte tief Luft. "Nein, du hast Recht. Ich hatte ein schlechtes Gewissen, weil ich dich nicht genug vorgewarnt hatte, etwas zu besorgen. Wenn du den Gutschein nicht verschenken möchtest, musst du das natürlich nicht tun. Ich hätte wirklich eher daran denken sollen, dir mehr davon zu erklären, was an einem solchen Feiertag passieren wird."

Sie schüttelte den Kopf. "Du hättest gar keine Zeit dafür gehabt", wandte sie ein. "Du warst so beschäftigt mit deinen offiziellen Pflichten und die einzigen Dinge, nach denen ich mich erkundigt habe, waren die, von denen du sagtest, dass ich sie wissen muss, um abzuwägen, ob ich deine Gefährtin sein möchte."

"Und du hast dich immer noch nicht entschieden", stellte er fest.

"Bist du deswegen sauer auf mich?", fragte sie. "Weil ich mehr Zeit für meine Entscheidung brauche?"

"Natürlich nicht", antwortete er. "Ich könnte deswegen niemals böse auf dich sein. Du brauchst Zeit, um herauszufinden, was es bedeutet, mit jemandem wie mir zusammen zu sein, und ich möchte, dass du dir zu 100% sicher bist, dass du mit mir zusammen sein willst."

"Ich mache mir Sorgen, dass wir nicht mehr allzu viel Zeit haben, um unsere Entscheidung zu treffen", gab sie zu. "Es gibt so viel, was noch passieren könnte."

"Wir werden uns die Zeit nehmen", versprach Michael ihr. Er hob eine Hand und streichelte sanft über die linke Seite ihres Gesichts. "Ich werde so lange auf dich warten, wie ich nur kann. Und ich werde zu dir kommen, wo auch immer du bist. Es gibt nichts und niemanden, der mich von dir fernhalten kann, außer dem Befehl, dich in Ruhe zu lassen, der von deinen eigenen Lippen kommt."

"Ich könnte dir niemals befehlen, mich in Ruhe zu lassen ", gestand sie ihm lächelnd. "Ich würde dich zu sehr vermissen."

"Dann tu es nicht", sagte er. "Aber komm mit mir zur Weihnachtsfeier und gib Molly dein Geschenk. Wir werden gemeinsame Fotos machen und allen da draußen zeigen, dass eine glückliche Beziehung zwischen Orvax und Menschen möglich ist."

"Zumindest für den Moment", erwiderte sie.

"Und wir werden unser Bestes tun, damit es auch dabeibleibt", fügte er hinzu und küsste sie auf die Stirn.

Die Liebkosung seiner Lippen jagte ihr einen Schauer über den Rücken, der nichts mit der Temperatur auf dem Schiff zu tun hatte. Sie hatte noch nie erlebt, dass ein Kuss sie so sehr berührte. Ein Teil von ihr hatte sich fast an die beiläufige Berührung seiner Hand auf ihrer Haut gewöhnt, während ein anderer Teil von ihr hoffte, dass er ihr immer diesen besonderen Nervenkitzel geben würde, den sie so sehr liebte.

Sie schloss die Augen und genoss das Gefühl noch einen Moment länger, bevor sie tief einatmete und einen Schritt zurücktrat.

"Besser?", fragte er und sie nickte.

Er bot ihr seinen Ellbogen an, was in seiner Kultur als höfliche Geste verstanden wurde, und sie steckte ihre Hand hinein. Mit einem verstohlenen Blick bewunderte sie seine Uniform und die Art, wie nur er sie tragen konnte. Als er ihr mitgeteilt hatte, dass er auf der Party seine Parade-Uniform tragen würde, hatte sie eines der wenigen persönlichen Kleider herausgekramt, die sie besaß.

Es war nicht so formell wie einige der menschlichen Kleider, aber es war hübsch und stand ihr auf eine Weise, wie es die meisten anderen Kleider nicht taten. Sie schätzte die Vorwarnung, was auf der Erde als angemessene Kleidung galt, und die Möglichkeit, allen ihr Kleid an einem besonderen Anlass wie diesem vorzuführen. Er hatte sein Bestes getan, um ihr dabei zu helfen, sich in einer Welt, in der er sich voraussichtlich häufiger bewegen würde, zurechtzufinden, und sie wusste, dass er dies mit Blick auf eine mögliche feste Partnerschaft getan hatte.

Ein paar kurze Schritte führten sie zum Eingang des Aufenthaltsraums, wo sie die ungewohnte Dekoration verwundert anstarrte, obwohl sie sich fest vorgenommen hatte, nicht zu auffällig zu reagieren. Aber sie konnte nicht anders, so etwas hatte sie noch nie zuvor gesehen. Stapel von bunt verpackten Kartons lagen um einen grünen Baum herum, der so stark mit Ornamenten geschmückt war, dass sie die Äste kaum erkennen konnte.

Hätte sie nicht schon vorher gewusst, dass die Bäume auf der Erde grün sind, hätte sie es nicht glauben können. Wer hatte je schon mal von grünen Bäumen gehört? Die funkelnden Lichterketten und die glänzenden Kugeln machten es schwer, den Baum direkt anzuschauen, aber vor allem der Stapel mit buntverpackten Geschenken raubte ihr den Atem. Sie hatte noch nie so viele Päckchen auf einem Fleck gesehen.

"Damina!" rief Kaelin, kurz bevor ihre freudestrahlende Freundin sie fest in die Arme schloss. „Du bist gekommen! Wie schön! Ich bin so froh, dass du hier bist. Ich war mir nicht sicher, ob du kommen würdest!"

"Es war eine knappe Geschichte", erklärte Michael mit einem Augenzwinkern, das Damina erröten ließ. "Aber ich habe es schließlich doch noch geschafft, sie zu überreden. Sie hat sogar ein Geschenk mitgebracht."

"Wirklich?" fragte Kaelin und trat einen Schritt zurück. "Oh, und du siehst so wunderschön aus. Leg dein Geschenk auf den Stapel und nimm dir einen Keks. Wir müssen unbedingt noch ein Foto von dir und Kapitän LaGrange vor dem Baum machen, und du musst auch auf das Gruppenfoto. Darf ich gleich ein Foto von dir schießen, wie du Kekse isst?"

"Wozu brauchst du denn ein Foto von uns beiden?" fragte Damina. "Gehört das zu eurer Tradition?"

"Es ist…" Kaelin hielt kurz inne und sah zu Michael, der auffällig nickte. "Ja, es ist traditionell. Ich bin sicher, dass du auch einen Abzug davon haben willst, und selbst wenn nicht, ich will definitiv einen haben. Also bestehe ich darauf. Und jetzt keine Scheu, nimm dir einen Keks."

Damina ließ sich zu dem Tisch führen, auf dem mehrere Teller mit verzierten Backwaren standen.

"Sind das die Kekse?", fragte sie neugierig. "Was ist das für ein Muster darauf? Sehen die immer so aus?"

"Das sind sogenannte Weihnachtsplätzchen", erklärte Kaelin mit einem Lächeln. "Die Motive sind typische Weihnachtssachen. Das hier ist ein Schneemann, dass da eine Zuckerstange, ein Weihnachtsbaum, ein Lebkuchenmann, der Weihnachtsmann, die Weihnachtsfrau und... das erkenne ich leider nicht."

"Ah, das ist unser Natalstern", sagte Damina. "Ein stilisierter Stern, aber er ist sehr ausgeprägt."

"Was ist ein Natalstern?" fragte Kaelin.

"Eine alte Tradition der Orvax", erklärte Damina ihr mit einem traurigen Lächeln. "In den dunkelsten und längsten Tagen des Winters schmückten wir unsere Häuser damit, um uns daran zu erinnern, dass der Frühling wiederkommen und die Welt neu geboren werden wird. Es ist der erste Stern, den man in der ersten Frühlingsnacht sieht, und unsere Vorfahren glaubten, dass er die Ursache für die Wiedergeburt des Frühlings war."

"Ah", sagte Kaelin. "Wir haben etwas Ähnliches. Sogar mit einem ähnlichen Hintergrund. Wir können uns später gerne noch weiter darüber austauschen, wenn du magst."

"Ich kann mir vorstellen, dass es an den meisten Orten, an denen es einen Winter gibt, etwas Ähnliches gibt. Wenn wir durch eine Missernte und die Hungersnöte eines langen Winters dem Tod sehr nahe waren, war es wichtig zu wissen, dass es bald wieder Leben geben wird."

Kaelin umarmte sie und Damina merkte, dass ihr die Tränen kamen. Jahrelang war der fremde Planet am Ende der Sternenbrücken ihr Natalstern gewesen. Die Hoffnung auf Leben dort schien so unerreichbar, und plötzlich waren sie hier. Sie war auf ihm herumgelaufen, hatte die Pflanzen und Lebewesen beobachtet, die auf ihm

gediehen, und hatte nun die Gelegenheit, an den spezifischen Traditionen des Planeten teilzuhaben.

"Hoffnung ist immer gut", sagte Kaelin. "Und wo es Leben gibt,
gibt es auch immer Hoffnung. Ich bin froh, dass du dich dazu entschieden hast, Weihnachten mit uns zu feiern."

Damina schenkte der Prinzessin ein kleines Lächeln. "Das Weihnachtsfest, ja. Aber der Rest..."

"Der Rest kommt später, wenn es so weit ist", beschwichtigte
Kaelin ihre neue Freundin. "Genieße einfach erstmal den heutigen
Tag."

"Ich..." Damina wischte sich über ihre Augenwinkel. "Danke, das
werde ich tun."

"Und wenn du mit jemanden reden möchtest, habe ich immer
ein offenes Ohr", fügte Kaelin sanft hinzu. "Ich weiß, dass ich mit
den Hochzeitsvorbereitungen sehr beschäftigt zu sein scheine, und
das bin ich manchmal auch, aber die Entscheidung, die du in Erwä-
gung ziehst, ist auch extrem wichtig, und ich weiß vielleicht ein wenig
darüber, was in dir vorgeht."

"Ich werde Brinker bitten, mir einen Termin zu geben", meinte
Damina und Kaelin verzog das Gesicht.

"Ich glaube, ich sollte wirklich eine Sekretärin einstellen", sagte sie.
"falls du zufällig jemanden kennst, dem solch ein Job Spaß machen
würde, lass es mich bitte wissen. Entweder langweilen wir Brinker
zu Tode oder er arbeitet sich halb zu Tode. Dazwischen gibt es anscheinend nichts."

Damina nickte. "Ich werde gern herumfragen. Aber willst du nicht,
lieber jemanden von der Erde herholen, der dir bei deinen Aufgaben
hilft?"

Kaelin verzog das Gesicht. "Ich würde ja gern, wenn sie mich nur
lassen würden", erklärte sie. "Wenn auch nur, um jemanden hier zu

haben, der mit unseren Bräuchen vertraut ist. Mama ist gut in solchen Dingen, aber sie kann nicht überall gleichzeitig sein. Leider gab es schon ... Drohungen gegen jeden, der mir hier oben helfen wollte."

"Ich verstehe überhaupt nicht, weshalb", meinte Damina verblüfft. "Ist es nicht eigentlich im Interesse deines Volkes, dass die Hochzeit gut verläuft und wir zu Verbündeten werden?"

"Es gab wohl Beschwerden darüber, dass man die Erde ungehindert verlassen kann", erklärte Kaelin seufzend. "Mit der Andeutung, dass die Orvax versuchen werden, alle menschlichen Frauen zu stehlen."

"Sicherlich nicht alle", widersprach Damina. "Und, um ehrlich zu sein, wir wollen auch einige der Männer herbringen."

Kaelin kicherte und Damina lächelte sie an. Sie mochte die neue Prinzessin, auch wenn sie sich noch nicht ganz sicher war, wie sie sich ihr gegenüber korrekt verhalten sollte. Es gab Protokolle, das wusste sie, aber Kaelin weigerte sich, sich an irgendwelche verstaubten Zeremonien zu halten. Wenn Damina sich dafür entscheiden sollte, ihrem Instinkt zu folgen und sich Michael anzuschließen, musste sie alle irdischen Regeln erlernen, damit sie in der Öffentlichkeit auftreten konnte, ohne die Leute, die sie liebte, durch ihr Verhalten in Verlegenheit zu bringen.

"Ich weiß nicht, ob es besser oder schlechter ankommt, wenn wir zugeben, dass wir auch einige der Männer mitnehmen wollen", meinte Kaelin kichernd. "Wir würden wahrscheinlich eine Menge Freiwillige bekommen. Es gibt sogar schon eine Petition, damit sich Frauen freiwillig melden können, um sich mit den Orvax-Männern zu paaren."

Damina warf ihr einen Blick zu. "Denen ist aber schon klar, dass es zumindest teilweise vom Zufall abhängt, ob überhaupt eine Verbindung zu einem von uns hergestellt werden kann, oder? Ich meine, dass ihr alle gleich so aufeinander reagiert habt, war ein kleines Wunder. Ich glaube jedoch auch, ein paar der Menschen, die wir auf dem Planeten getroffen haben, waren regelrecht abgestoßen von unserem Anblick, und wenn das kein komisches Gefühl ist, dann weiß ich nicht, was es ist."

"Nein, sie wissen nichts von der <Erkennung>", erwiderte Kaelin. "Und ich weiß ehrlichgestanden auch nicht, inwieweit es helfen würde, es ihnen zu erklären. Es wird trotz allem immer Menschen geben, die versuchen werden, eine romantische Beziehung mit einem Außerirdischen einzugehen. Und andere, die glauben, dass sie es vielleicht wollen, aber nicht in der Lage wären, mit allem, was dazu gehört, umzugehen. Die Erkennung ist nicht immer ein angenehmes Gefühl."

"Ich denke, wir haben eine moralische Verpflichtung, es ihnen zu erklären, wenn die Beziehungen zwischen der Erde und den Orvax sich vertiefen", meinte Damina. "Damit die Leute wenigstens keine Angst davor haben, und um vielleicht den Schmerz der Ablehnung zu lindern, wenn sie es versuchen und es nicht klappt."

"Hm", erwiderte Kaelin. "Gut, dass wir eine Krankenschwester in unserer diplomatischen Crew haben, nicht wahr?"

Damina nickte langsam. "Ja, ich glaube, ich sollte mir wirklich langsam Gedanken darüber machen, wie viel wir ihnen von unserer Biologie und Technologie mitteilen wollen."

Kapitel 10

MOLLY

M olly hatte sich anfangs extrem gegen den gleitenden Sessel gewehrt. Sie war eigentlich schon wieder ganz gut zu Fuß, die meiste Zeit zumindest. Vielleicht etwas langsamer als normalerweise, aber sie erinnerte sich daran, dass sie nach der Geburt von Aidan tagelang völlig erschöpft gewesen war. Ein bisschen langsamer zu laufen, schien ihr eine gewaltige Verbesserung gegenüber dem letzten Mal zu sein.

Anstatt sich mit seiner Gefährtin darüber zu streiten, reichte Mintonar ihr lieber im Stehen ein Getränk. Ihre Hand zitterte jedoch so stark, dass sie das Glas nicht ganz zum Mund führen konnte. Kommentarlos reichte sie es an ihn zurück und setzte sich gleich wieder hin.

"Es braucht Zeit, *Cherna*", erklärte er ihr. "Du erholst dich viel schneller, als du es ohne die Hilfe der Bio Nanos tun würdest, aber dein Körper wird trotzdem noch etwas Zeit brauchen."

"Ich weiß", erwiderte sie, und ihr war bewusst, dass die Frustration in ihrer Stimme deutlich zu erkennen war.

Er küsste sie auf die Stirn und hob ihr Gesicht sanft an, damit sie ihn direkt ansah. "Du wirst heilen. Und zwar mit einer Geschwindigkeit, die deine menschlichen Ärzte in Erstaunen versetzen würde. Benutze die Hilfsmittel, die wir dir zur Verfügung stellen, damit du dich besser bewegen kannst, und lass zu, dass die Leute, die dich lieben, sich um dich kümmern."

Sie schloss ihre Augen und nickte. "Ich mag es nur einfach nicht, schwach zu sein."

"Du bist nicht schwach, *Cherna*", widersprach er ihr. "Du bist eines der stärksten Wesen, das ich je getroffen habe. Deine Wunden müssen verheilen, und das braucht einfach Zeit. Fühlst du dich wohl?"

Sie veränderte ihre Position auf dem Sessel und rückte ihren Rock etwas zurecht. Die frischgebackene Mutter trug ein waldgrünes Kleid mit dezentem Silberschmuck. Mintonar trug dem Anlass entsprechend etwas, das er als „Hofanzug" bezeichnete, in einem dunkelgrau mit silbernen Details. Trina hatte eine Miniaturversion von Mollys Kleid angefertigt und dazu die weichste Decke, die sie je angefasst hatte, in einer Farbe, die perfekt zu Mintonars Anzug passte.

"Ich bin bereit", erklärte sie ihm und er reichte ihr das schlafende Baby.

Ihre Tochter war perfekt. Ihre Haut war dunkelblau, wie die ihres Vaters, obwohl man ihr gesagt hatte, dass sich die Farbe in der Pubertät dramatisch verändern könnte, mit Ausnahme der Innenseite ihrer Arme, die eine helle Cremefarbe hatte. Ihre Hornknubbel waren kaum mehr als eine Andeutung eines Höckers, etwas, das sich mit dem Beginn der Pubertät wahrscheinlich auch noch verändern würde.

Ihre Gesichtszüge waren winzig und zart, die perfekte Mischung aus Mensch und Orvax, aber sie wirkte eher wie eine Puppe als ein lebendiges, atmendes Baby. Alle Tests, die Mintonar durchgeführt hatte, ergaben, dass sie gesund, wenn auch etwas klein für einen Orvax- Spross war.

Als sie die Lounge betraten, war Molly zunächst schockiert von der Fülle an Dekoration gewesen. Sie hatte zwar gewusst, dass Kaelins Mutter ein paar Dinge zu Weihnachten geschickt hatte, aber die

Menge an Kartons um den Weihnachtsbaum herum verschlug ihr den Atem.

Die Freude, die sie in den Gesichtern ihrer Freunde sah, die sie lauthals begrüßten, wärmte ihr Herz und sie nahm sich einen Keks von dem Teller, den Kaelin ihr hinhielt.

"Sag mir bitte, dass das alles diese Geschenke nur Dekoration sind", flüsterte sie mit kaum hörbarer Stimme, so dass nur Kaelin sie hören konnte. "Hintergrund für die Werbefotos?"

"Nein", verkündete Kaelin mit einem Grinsen. "Das erste Geschenk ist sogar speziell für dich, und es liegt noch nicht einmal unter dem Baum.

"Was meinst du damit?" fragte Molly, und ihre Augen weiteten sich, als Serogero den Stubenwagen hinter dem Baum hervorholte.

"Meine Mutter hat ihn geschickt und wir haben ihn gestern Abend zusammengebastelt", erklärte Kaelin ihrer Freundin. "Wir wollten nicht, dass ihr ihn erst nach der Geburt des Babys aufbauen müsst."

"Damit hätte ich niemals gerechnet", stammelte Molly, und Tränen stiegen ihr in die Augen. "Ich hatte nicht erwartet..."

"Hey", meinte Kaelin mit einem Lächeln. "Es ist Weihnachten und das ist eine ziemlich große Sache. Wenn wir all den Leuten vorher erklärt hätten, dass wir es feiern, hätten wir nicht klammheimlich diese Menge Geschenke hierherbringen können. Hast du einige der Diskussionen dazu mitbekommen?"

Molly schüttelte den Kopf. "Ich habe mich auf andere Dinge konzentriert."

"Ich weiß", sagte Kaelin. "Aidan hat die wichtigsten Sachen für dich gesammelt. Und er müsste jeden Moment hier sein. Trina hat in letzter Minute noch ein paar Sachen für ihn besorgt."

"Also gut", erklärte Molly mit einem Nicken. "Ich weiß nur nicht, was ich mit all dem anfangen soll. Bei all dem Widerständen, die wir erlebt haben, hätte ich nie gedacht, dass es tatsächlich solch eine große Unterstützung geben würde."

"Die meisten Kartons sind von meiner Mama", erklärte Kaelin ihr. "Aber ein Teil stammt von den zusätzlichen Verpackungen, die sie hergeschickt hat, damit jeder, der etwas verschenken wollte, das auch tun konnte."

"Ich habe nichts ..." Molly spürte Panik in ihrer Brust aufsteigen.

"Du hast uns ein Kind geschenkt", widersprach Kaelin. "Das ist wundervoll und alles, was man von dir erwarten konnte."

Molly spürte, wie ihr erneut die Tränen in die Augen stiegen, als sie zu ihrer Freundin aufsah. "Ich danke dir. Für alles. Ich weiß nicht, ob ich all das ohne dich geschafft hätte."

Kaelin lächelte. "Natürlich hättest du das", meinte sie. "Du bist eine starke Frau und lässt dich nicht so leicht unterkriegen. Aber ich bin trotzdem echt froh, dass ich hier sein kann. Ich würde diese Party um nichts in der Welt verpassen wollen."

"Bin ich zu spät?" fragte Aidan, der durch einen der anderen Eingänge hereinkam. "So früh bin ich seit Jahren nicht mehr aufgestanden, wenn ich Urlaub hatte."

"Du kommst gerade rechtzeitig", behauptete Kaelin und richtete sich auf. "Lass uns schnell ein Foto von dir mit deiner Mutter und Mintonar schießen, bevor das Baby aufwacht. Alle anderen Bilder können wir auch später noch machen."

Aidan trug einen Anzug, der dem von Mintonar ähnelte, aber einen etwas moderneren Schnitt hatte. Er war in einem waldgrünen Ton gehalten und mit Mintonars Familienwappen in Silber durchwirkt. Trina hatte dem Ensemble noch eine dunkelsilberne Weste hinzugefügt, und die Kombination wirkte umwerfend. Der etwas unbeholfene Teenager, an den sie sich noch erinnerte, war verschwunden, und an seiner Stelle stand ein erwachsener junger Mann.

"Frohe Weihnachten, Mama", wünschte er ihr und beugte sich vor, um sie auf die Wange zu küssen.

"Frohe Weihnachten, Baby", antwortete sie ihm.

"Ich bin nicht mehr dein Baby", erklärte er ihr zwinkernd und strich sanft mit dem Finger über die Wange seiner kleinen Schwester. Er war in der Nacht zuvor in die Krankenstation gekommen, nachdem man ihm versichert hatte, es sei okay, sie zu besuchen, und hatte sie im Arm gehalten, während Mintonar unzählige Tests an dem kleinen Wesen durchführte. Die Ehrfurcht in seinem Gesicht hatte Molly zum Weinen gebracht, obwohl sie ihr Bestes getan hatte, um es vor ihm zu verbergen, als er seine Schwester zu ihr zurückbrachte.

"Du wirst immer mein Baby sein", protestierte sie. "Aber du hast recht, du bist definitiv kein Baby mehr."

"Bereit für Familienfotos?" fragte Kaelin und hob ihre Kamera.

"Ja", antwortete Aidan. "Wo sollen wir uns hinstellen?"

Kaelin arrangierte sie vor dem Weihnachtsbaum, wobei Mindy und Serogero mit anpackten, um die diversen Geschenkpäckchen so zu drapieren, bis sie mit dem Endprodukt zufrieden war. Molly in ihrem Sessel, Mintonar hinter ihrer rechten Schulter und Aidan links hinter ihr, mit einem flüchtigen Blick auf das Gesicht des neugeborenen Babys unter der Decke. Dann fing sie an, unzählige Fotos zu schießen. Sie wechselten für verschiedene Posen die Plätze, und Kaelin machte zudem mehrere Aufnahmen, auf denen Aidan seine Schwester im Arm hielt und verzaubert auf das kleine Wesen hinabschaute.

Dann wachte sie auf und begann zu jammern, woraufhin Kaelin das Familienshooting für beendet erklärte und dazu überging, Schnappschüsse von allen anderen Partygästen einzufangen während Molly sich um das hungrige Baby kümmerte. Mintonar brachte sie dafür in eine ruhige Ecke, damit sie etwas Privatsphäre hatte, um das

Baby zu füttern, und Aidan entfernte sich, um noch mehr Kekse für alle zu organisieren.

Mintonar wurde schließlich zum Weihnachtsbaum zurückgerufen, und Molly lehnte sich in den bequemen Sessel zurück, wobei die Erinnerung daran, wie man ein stillendes Baby hält, erstaunlich schnell in ihr Gedächtnis zurückkehrte. Sie sah auf und warf einen Blick in Richtung des Eingangs, durch den Aidan gekommen war. Dort standen Trina und Kapitän Cretus unter dem Mistelzweig, der direkt vor dem Aufenthaltsraum hing, und küssten sich.

Molly grinste und wandte dann jedoch den Blick von der innigen Szene vor ihr ab. Es ging sie zwar nichts an, aber es schien, dass die beiden Fortschritte machten, und das erfüllte sie mit Freude. Wenige Augenblicke später tauchte das Paar in der Lounge auf und wurden in das kontrollierte Chaos hineingezogen, das die von Kaelin geleitete Fotosession darstellte.

Als sie mit dem Stillen fertig war, richtete Molly ihr Kleid und säuberte das Gesicht ihrer Tochter mit einem weichen Tuch, bevor sie ihrer Familie zuwinkte, um sie dazu zu ermutigen, sie für weitere Fotos abzuholen. Die kleine Maus war wach und aufmerksam und würde es wahrscheinlich noch eine Weile bleiben.

Mintonar kam zu ihnen herüber und strich mit einem Finger über die Wange seiner Tochter. Kaelin knipste davon gleich ein Foto. Der Ausdruck auf seinem Gesicht war es auf jeden Fall wert, für die Ewigkeit festgehalten zu werden. Er hob das Baby hoch und Aidan trat hinter Mollys Sessel, um seine Mutter in Richtung Weihnachtsbaum zu schieben.

Dorcas und Barruch kamen unter dem Jubel der Anwesenden mit weiteren Tellern voller Kekse aus der Küche, und Kaelin fotografierte die zusätzlichen Kekse, bevor sie Dorcas für weitere Fotos zum Baum zerrte. Irgendwann während der Feierlichkeiten schlich sich Chaegar unbemerkt in den Raum und begann, einige Kekse auf einen kleinen Teller zu stapeln, sein Gesicht zu einer entschlossenen Grimasse verzogen. Er verließ den Raum kurze Zeit später mit dem Teller voller Plätzchen, aber nicht bevor er Dorcas dabei beobachtete, wie sie sich unter die fröhliche Gruppe von Menschen und Orvax mischte.

Als Kaelin mit Dorcas' Bildern fertig war, räusperte sich Mintonar und alle Gespräche verstummten. Er nickte Kaelin zu, und sie schaltete ihre Videokamera ein. Diese Rede sollte über zahlreiche Bildschirme auf dem ganzen Schiff verbreitet und anschließend auch zur Raumstation und zum Planeten übertragen werden.

"Seid herzlichst gegrüßt", sagte er. "All ihr Menschen der Erde und Passagiere der <*Forward Hope*>. An diesem irdischen Festtag möchte ich euch das größte Geschenk zeigen, das ich je in meinem Leben erhalten habe. Heute früh hat meine Gefährtin Maw-lee unsere Tochter Lilianha zur Welt gebracht. Sie ist das erste Mensch-Orvax-Baby überhaupt und, wie wir hoffen, das erste Baby, das in einer Zeit des Friedens und des Wohlstands zwischen unseren Völkern geboren wird."

Kaelin schwenkte die Kamera ein wenig, um allen einen kurzen Blick auf einen gähnenden, zufriedenen Säugling zu ermöglichen, bevor sie die Übertragung beendete.

"Auf Lili, das erste Baby des Friedens!" rief Mindy und hob eines der Gläser empor, die überall herumgereicht wurden.

Aidan reichte seiner Mutter ein Glas mit prickelnder Apfelschorle, aber sie schnüffelte erst einmal testweise daran, bis sie sich selbst davon überzeugt hatte, dass es sich nicht um etwas Alkoholisches handelte. Der junge Mann nahm sich selbst auch ein Glas und stieß mit ihr an, bevor sie beide einen Schluck tranken.

"Das erste", prostete Aidan ihr zu. "Und hoffentlich nicht das letzte."

"Amen", stimmte Molly ihm zu und nahm sich einen weiteren Schluck. "Aber erstmal eine Zeit lang nicht von mir."

Epilog

CHAEGAR

Chaegar machte sich mit seinem Teller voller Kekse auf den Weg in Richtung Arrestzellen. Er hatte diese Strecke schon oft zurückgelegt, viel häufiger, als er es irgendjemandem gegenüber zugeben wollte, aber er hatte das Gefühl, dass es sein letztes Mal sein würde.

Die Frau, die in der Zelle saß, sah zu ihm auf, als er sich näherte, und seufzte. Sie wirkte etwas zerzaust, die Haare waren zwar aus dem Gesicht gekämmt, aber ansonsten machte sie einen ungepflegten Eindruck, und es sah aus, als hätte sie wieder an ihren Fingernägeln gekaut.

"Frohe Weihnachten", sagte Chaegar und hielt ihr den Teller mit den Keksen hin. Er hasste die Hoffnung in seiner Stimme und dass sie wusste, dass er sie noch immer hegte.

"Molly hat das Baby bekommen?", fragte sie. "An Weihnachten?"

Er nickte und sie schüttelte den Kopf. "Ich kann nicht glauben, dass sie sich von ihm so berühren lässt. Dass sie sogar will, dass er sie so berührt. Das ergibt für mich einfach keinen Sinn. Ich meine, er ist ja nicht einmal ein Mensch!"

Chaegar seufzte und stellte die Kekse auf ein Tablett vor der Arrestzelle. "Ich kann nicht für Molly oder Mintonar sprechen", erklärte er ihr. "Aber in den Armen des richtigen Orvax-Partners gibt es viele Freuden zu erleben."

Sie erschauderte. "Nicht nach dem, was ich mitbekommen habe", sagte sie. "Oder was ich selbst gespürt habe. Was auch immer das war, es war sicher kein Vergnügen."

"Das sollte es aber sein", erklärte Chaegar. "Ich würde mich freuen, wenn ich dir..."

"Da bin ich mir sicher", spottete sie und unterbrach sein Angebot.

Er hatte ihr fast jeden Tag dasselbe Angebot unterbreitet, seit sie an Bord des Schiffes gekommen waren. Die wenigen Male, die er mit dem Shuttle über Nacht weg gewesen war, kam er immer zurück und setzte sich zu ihr. Sie wirkte sehr erschöpft, was er ihr nicht verübeln konnte.

Er seufzte und sie sah ihn an. "Jamie, es tut mir leid, dass du in diese ganze Situation hineingezogen wurdest", sagte er. "Du hast nur deinen Job gemacht und ich hatte gehofft, du würdest deine Einstellung mir gegenüber ändern. Ich hasse es, dich hier drin sitzen zu sehen, aber ich kann dich nicht herausholen, wenn du nicht versprichst, dich anständig zu benehmen. Und ich muss mich nicht nur für dein gutes Benehmen verbürgen können, sondern auch für deine Absicht, an unserer Mission teilzunehmen."

"Und der einzige Weg, all das zu tun, ist, mit dir zu schlafen?", verkündete sie mit beißendem Unterton. Er konnte erkennen, dass sie nicht mit dem Herzen bei der Sache war, aber auch nicht bei ihm.

"Es ist nicht der einzige Weg", widersprach er ihr sanft. "Aber es wäre der einfachste gewesen. Ich werde dich nicht bitten, mich als deinen Gefährten zu akzeptieren, ich denke, dafür ist es ohnehin zu spät, aber bitte denke darüber nach."

Sie wandte ihren Blick ab und er holte noch einmal tief Luft.

"In Ordnung", sagte er. "Ich habe mitbekommen, dass deine Spezies zu Weihnachten Geschenke verteilt. Ich kann dir nicht viel geben, was du annehmen würdest, also gebe ich dir die eine Sache, die du dir gewünscht hast und die ich dir geben kann."

"Du lässt mich raus?", fragte sie und drehte ihren Kopf, um ihn anzusehen.

Er schüttelte den Kopf. "Das kann ich nicht tun. Das steht nicht in meiner Macht. Aber ich werde dich in Ruhe lassen und dich nicht mehr bitten, eine Beziehung mit mir einzugehen. Du magst meine Gesellschaft nicht, und ich mache uns beide damit nur unglücklich, wenn ich damit weitermache, also werde ich damit aufhören."

Sie starrte ihn einen langen Moment lang an. "Es tut mir leid", sagte sie.

"Das tut es mir auch", antwortete er leise. "Lass dir die Kekse schmecken."

Er drehte sich um und verließ den Raum.

"Frohe Weihnachten", rief sie ihm nach.

Es tat weh, das zu hören, und er schloss kurz die Augen, als er außer Sichtweite war. Die vage Hoffnung, eine eigene Partnerin zu haben, war in den letzten Wochen langsam, aber unwiderruflich zerbröckelt.

Über die Autorin

C.V. Walter, Autorin von „The Alien's Accidental Bride", arbeitet derzeit an ihrer Serie über Alien-Bräute.

Sie glaubt, dass die Familie, die man sich aussucht, wichtiger ist als die, in die man hineingeboren wird. Sie lebt in Colorado mit ihren zwei Ehemännern, zwei Kindern und einer ständig wechselnden Anzahl von Haustieren.

Nachwort

Hallo meine Lieben!

Vielen Dank, dass ihr „Ein Alien Baby zu Weihnachten" gelesen habt! Ich hoffe, ihr habt dieses kurze Intermezzo im Leben unserer Lieblingspaare genossen. Sie alle haben im neuen Jahr so viel vor, dass es ihnen guttut, einen Moment inne zu halten, sich auszuruhen und gemeinsam ein neues Leben auf der Welt willkommen zu heißen.

Was erwartet euch als Nächstes? Nun, demnächst könnt ihr euch auf *„**Gefesselt: Trina und der Alien Kapitän**" /Captivating the Alien Captain* freuen, wo wir herausfinden werden, was nach dem Kuss unter dem Mistelzweig passiert. Wird Trina die Liebe erwidern, die ihr entgegengebracht wird? Kann Kapitän Cretus sie davon überzeugen, dass er ihr Glück vergrößern kann? Ihr müsst das nächste Buch lesen, um es herauszufinden!

Ich weiß nicht, wie es euch geht, aber ich habe in diesem Jahr schon sehr früh damit angefangen, Weihnachtsmusik anzuhören, und das nicht nur, weil sie mich in Stimmung für eine festliche Party auf einem ganz bestimmten Raumschiff gebracht hat. Als ich damit begann, die Beschreibung für diese Geschichte zu entwerfen, erschien sie mir immer wieder in Form eines Weihnachtsliedes. Deshalb habe ich das Lied spaßeshalber hier für euch eingefügt.

(Zur Melodie von Christmas is Coming)

Christmas is coming, Molly's getting fat

Please eat a cookie in the shape of a hat

If you haven't got a santa hat a Christmas tree will do

If you haven't got a Christmas tree, then God Bless You!

Christmas is coming, Molly's getting fat?

Please make a baby with your own Orvax

If you can't make a baby a Christmas dress will do

If you can't make a Christmas dress, then a baby-sitter will do

Wie immer gilt:

Wenn euch die Geschichte gefallen hat, hinterlasst mir bitte mir eine Rezension und lasst es mich wissen! Wenn ihr zu den Ersten gehören wollt, die erfahren, wann mein nächstes Buch erscheint, oder gelegentlich Einblicke in mein normalerweise langweiliges, aber gelegentlich auch aufregendes Leben erhalten möchtet, könnt ihr meine Website cvwalterauthor.com besuchen oder meinen Newsletter unter cvwalter.substack.com abonnieren

Bis zum nächsten Mal,

Alles Liebe,

C.V.